www.ingramcontent.com/pod-product-compliance
Lightning Source LLC
LaVergne TN
LVHW010833051026
849532LV00007B/2689
* 9 7 8 8 1 9 6 0 5 4 1 0 6 *

خان صاحب

(مزاحیہ افسانے)

ظریف دہلوی

Khan Sahab *(Humorous Stories)*

by: Zareef Dehlvi

Edition: October '2025

Publisher :

Taemeer Publications LLC (Michigan, USA / Hyderabad, India)

ISBN 978-81-960541-0-6

9 788196 054106

کتاب	:	**خان صاحب** (مزاحیہ افسانے)
مصنف	:	**ظریف دہلوی**
صنف	:	طنز و مزاح
ناشر	:	تعمیر پبلی کیشنز (حیدرآباد، انڈیا)
سالِ اشاعت	:	۲۰۲۵ء
صفحات	:	۱۰۲
سرورق ڈیزائن	:	تعمیر ویب ڈیزائن

فہرست

ظریف دہلوی کی افسانہ نگاری

اردو افسانہ نگاری میں مزاحیہ افسانہ مرزا عظیم بیگ چغتائی کی اختراع ہے۔ ان سے پہلے اردو میں مزاح بھی موجود تھا اور افسانہ بھی لیکن مزاحیہ افسانہ چغتائی سے پہلے کسی نے نہیں لکھا۔ ہماری قدیم داستانوں میں مزاح کا عنصر پایا جاتا ہے خصوصاً فسانہ آزاد میں۔ لیکن داستان سرائی ایک علیحدہ فن ہے جو دم توڑ رہا ہے۔ زمانے نے اس کے سر سے قدردانی کا ہاتھ اُٹھا لیا۔ مصروفیات سے بھری ہوئی زندگی کا تقاضا کچھ اور ہے اس لئے داستان نویسی معدوم ہوئی اور داستان گوئی بھی ماضی کو سونپی جا رہی ہے۔ ہاں تو مزاحیہ افسانہ مرزا عظیم بیگ چغتائی کا مرہونِ منت ہی جنہوں نے اپنی دس سال کی مختصر ادبی زندگی میں ہمارے مزاحیہ لٹریچر کو مالا مال کر دیا۔ اُن کی دیکھا دیکھی دس پانچ اور اہلِ قلم بھی اس نئی صنفِ ادب کی طرف متوجہ ہوئے جن میں سے مرزا فرحت اللہ بیگ دہلوی اور شوکت تھانوی کامیاب و بامراد ہوئے۔

یہ سب ۱۹۳۰ء کی پیداوار ہیں۔ اسی زمانہ میں قاضی عباس حسین ظریف دہلوی بھی مزاحیہ افسانے کی طرف متوجہ ہوئے اور ان کے لکھے ہوئے چند افسانے بہت مقبول ہوئے۔ اس سے پہلے بھی ظریف صاحب کو افسانہ نگاری کا شوق تھا لیکن سنجیدہ یا غمناک افسانے لکھتے تھے۔ اُس زمانے کا تقاضا یہی تھا۔ راشد الخیری غم کی تصویریں پیش کر رہے تھے اور پریم چند بھی دُکھی زندگی کی عکاسی کر رہے تھے

جب چغتائی نے گُدگُدانا شروع کیا تو سب لکھنے والے کھلکھلانے لگے۔ اِنہی ہنسنے ہنسانے والوں میں سے ایک قاضی عباس حسین ظریفؔ دہلوی بھی تھے جن کی شخصیت اور فن کے بارے میں مجھے آپ سے کچھ مختصراً عرض کرنا ہے۔

ظریفؔ صاحب ۱۹۰۵ء سے پوسٹل آڈٹ آفس دہلی میں ملازم تھے۔ ۱۹۴۳ء میں سپرنٹنڈنٹ کے عہدے سے ریٹائر ہوئے۔ حساب جیسے دماغ سوزی کے کام کے باوجود اِن کی شگفتہ مزاجی اِن کے جاننے والوں کے لئے ایک معمہ ہی بنی رہی۔ بچّوں میں بچے اور بڑوں میں بڑے بنے رہے۔ نہایت بذلہ سنج اور رونق کے آدمی ہیں۔ جہاں بیٹھ جاتے ہیں اپنے لطائف وظرائف سے سب کو لوٹن کبوتر بنا دیتے ہیں۔ دِلّی والے ہیں اِس لئے ٹکسالی اردو گھر کی لونڈی ہے۔ لیکن ادب سے دلچسپی رکھنے کی وجہ سے اِن کی زبان اور بھی چٹخارے دار بن گئی ہے۔ دِلّی کے اکثر بزرگوں کی آنکھیں دیکھے ہوئے ہیں اِس لئے علمِ مجلسی سے کما حقہ واقف ہیں اور برمحل فقرہ طرازی اور برجستہ گوئی کا خاص ملکہ رکھتے ہیں۔ بولی ٹھولی، ضلع جُگت، پھبتی پھکّڑ، ہنسی مذاق سب میں مشّاق ہیں لیکن اِس خوبی کے ساتھ کہ دِل آزاری کا پہلو کبھی نہیں آنے پاتا۔ لکھنے پڑھنے کا شوق اوائلِ عمر سے ہے۔ ۱۹۲۲ء سے نظم ونثر دونوں میں قلم کی جولانیاں دِکھا رہے ہیں۔ اِن کی ادبی کاوشوں سے اکثر ماہنامے مزّین ہوتے رہتے ہیں۔

ظریف صاحب کی کوشش یہی ہوتی ہے کہ وہی زبان لکھیں جو بولتے ہیں۔ چاہے نظم ہو چاہے نثر۔ اس میں وہ کامیاب نظر آتے ہیں۔ "روحِ تبسم" اِن کی منظومات کا مجموعہ ہے جس میں غزل، قطعے، مسدّس، تضمینیں، رباعیاں اور نظمیں وغیرہ سبھی کچھ ہیں۔ اسے کہیں سے کھول کر پڑھ لیجئے یہی معلوم ہو گا کہ کوئی آپ سے باتیں کر رہا ہے۔ اتنی آسان اور ہلکی پھلکی زبان چند غزلوں میں تو آپ کو اکثر شعرا کے ہاں مل جائے گی لیکن ہمیشہ اسی طرز میں طبع آزمائی کرنا کسی کے لئے ممکن نہیں ہو سکتا۔ آسان زبان لکھنی کس قدر مشکل ہے؟ اس کا جواب اُن سے پوچھیے جنہوں نے یہ پاپڑ بیلے ہوں۔ ع

ذوقِ ایں بادہ ندانی بخدا تا نہ چشی

یہی حال اِن کی نثر کا ہے کہ دِلّی کی عام بول چال میں سب افسانے لکھے ہیں ابوالکلامی اردو سے ظریف صاحب کو سخت نفرت ہے۔ یہ اسے سرے سے اردو ہی نہیں مانتے اور واقعہ بھی یہی ہے کہ جب اردو ہی کے الفاظ سے سارے مفہوم ادا ہو سکتے ہیں، تو عربی اور فارسی کے نامانوس الفاظ سے پڑھنے والوں کو کیوں زحمت دی جائے۔ اصل بات یہ ہے کہ آسان زبان لکھنی مشکل ہے اس کیلئے بڑی مشق و مزاولت کی ضرورت ہے۔ اس کتاب کے ہر افسانے میں آپ یہ خوبی پائیں گے کہ عبارت ایسی رواں ہے کہ آپ کا تخیل کہیں نہیں اُلجھے گا اور اس میں کہیں وہ پستی بھی نہیں آئے گی جس سے آپ کی خوش مذاقی کو ٹھیس لگے۔

ظریف دہلوی نے ہر قسم کے افسانے لکھے ہیں لیکن اِس مجموعے میں صرف مزاحیہ افسانے شامل ہیں۔ ۱۹۳۶ء میں "عروسِ ادب" کے نام سے اِن کے سنجیدہ اور مزاحیہ افسانوں کا مجموعہ شائع ہوا تھا۔

مزاح نگاری ایک نہایت نازک فن ہے۔ کسی کو اِس طرح ہنسانا کہ خود اپنی ہنسی نہ اُڑے یا کوئی ایسی بات کہنا جو اخلاق یا شائستگی سے گری ہوئی نہ ہو اور اُسے سُن کر ہنسی بھی آئے، ایک دشوار فن ہے۔ ایک ذراسی لغزش سے مزاح کا لطف کرکرا ہو جاتا ہے۔ بلکہ بعض دفعہ مذاق کے بھونڈے پن سے سُننے والے کو اپنی جگہ پر اور لکھنے والے کو اپنی جگہ پر شرمندہ ہونا پڑتا ہے اور اکثر لینے کے دینے بھی پڑ جاتے ہیں۔ ظریف صاحب کو مزاح سے فطری مناسبت ہے۔ اِن کی خوش طبعی اِن کی زندگی کے ہر شعبے میں کارفرما رہتی ہے۔ دفتر میں، دوستوں میں، گھر میں، باہر ہر جگہ اور ہر ایک سے چُہل کرنا اِن کی عادت میں داخل ہے۔ یہی شوخی اِن کی تحریروں میں بھی ڈھل گئی ہے۔ جس طرح اِن کی گفتگو نہایت محتاط ہوتی ہے اُسی طرح اِن کی تحریر بھی ابتذال سے پاک ہوتی ہے۔ ظریف صاحب طرزِ بیان اور واقعات سے مزاح پیدا کرتے ہیں۔ احساسِ عُجب پیدا کرنا مزاح کا کام ہے اور ہمیں ہنسی ایسی ہی انہونی باتوں پر آتی ہے۔

افسانہ نگاری میں واقعہ نگاری کو بہت اہمیت حاصل ہے کیونکہ اس سے تاثر کا عُنصر بڑھتا ہے۔ ہمارے عام افسانہ نگار اِس خوبی کا بہت کم خیال رکھتے ہیں کہ جیسا اُن کی کہانی کا کردار ہو وہ زبان بھی ویسی ہی بولے۔ اردو زبان کی ایک نمایاں خصوصیت یہ بھی ہے کہ اِس میں دو طرح کی زبانیں شامل ہیں۔ ایک مردوں کی اور دوسری عورتوں کی۔ عورتوں کے لئے ایک طرزِ گفتگو مخصوص ہے جس کے محاورے بھی جداگانہ ہیں۔ ظریف صاحب نے اِس کا خاص اہتمام کیا ہے کہ اُن کا ہر کردار اپنے طبقے اور اپنی صنعت کی زبان بولتا ہے۔

آج کل جبکہ اردو اور ہندوستانی کا جھگڑا سارے ہندوستان میں پھیلا ہوا ہے' ایک ایسی زبان کی ضرورت ہے جسے ہندو مسلمان، پڑھے لکھے اور جاہل سب یکساں طور پر سمجھ سکتے ہوں۔ اِس گتھی کو سلجھانے میں ظریف صاحب کی لکھی ہوئی زبان بہت کار آمد ثابت ہو سکتی ہے۔ یہی وہ زبان ہے جو ملک کے ایک سِرے سے دوسرے سِرے تک سمجھی جاتی ہے۔ اگر ہمارے ادیب اِس آسان اردو کو ایک معیاری نمونہ بنالیں تو ہندی اردو، ہندو مسلمان اور کانگریس اور مسلم لیگ کے لسانی اختلافات مٹ سکتے ہیں۔

میں ظریف صاحب کو مبارکباد دیتا ہوں کہ انھوں نے نہ صرف دل کش افسانے لکھے ہیں بلکہ عام زبان کا ایک قابلِ تقلید نمونہ پیش کر کے ایک بڑی خدمت انجام دی ہے

شاہد احمد دہلوی

مورخہ ۸ ر فروری ۱۹۴۷ء

خانصاحب

ہمارے خاں صاحب بھی ماشاءاللہ بڑی خوبیوں کے آدمی ہیں۔ زندہ دل ہر وقت ہنسنے ہنسانے والے۔ اُڑاتے رہتے ہیں بے پر کی اور اسی کے ساتھ یہ بھی ہے کہ آپ اُن کی ہر بات پر آمنّا صدقنا کہے جائیں تو خوش ہیں اور جو ذرا بھی مخالفت کی تو پھر آئیں تو جائیں کہاں پنجے جھاڑ کر پیچھے پڑ جاتے ہیں۔ پھر وہ یہ نہیں دیکھتے کہ کوئی پرانا ملنے جلنے والا ہے، بچہ ہے یا بڑا ہے، امیر ہے یا غریب ہے۔ جان کو آجاتے ہیں۔ مجھ پر ذرا مہربان ہیں وہ اس لئے کہ میں بزرگ سمجھ کر اُن کا ایک آدھ کام کر دیا کرتا ہوں۔ کوئی خط آیا تو پڑھ دیا یا کچھ لکھ لکھا دیا۔ پھر بھی اُن کی نظریں دیکھتا رہتا ہوں کہ کہیں بگڑ گئے تو سنبھالے نہیں سنبھلیں گے۔ ایک دن میں نے اُنہیں بہت ہی خوش اور ہشاش بشاش دیکھ کر کہا:

"خانصاحب! کئی دن سے ایک بات پوچھنے کا ارادہ کر رہا ہوں۔ مگر ڈر لگتا ہے۔"

"کاٹ کھاؤں گا نہ" خانصاحب نے بغیر دانتوں کا غار نما منہ کھول کر قہقہہ لگاتے ہوئے کہا

"میں تو جناب کو انسان سمجھتا ہوں۔" میں نے عاجزی سے کہا۔

"آدمی کہو آدمی! انسان آجکل کہاں دھرے ہیں۔" خانصاحب نے فلاسفرانہ شان سے پیشانی پر شکن ڈال کر کہا۔

"نہیں خانصاحب! آپ انسان ہیں، پورے انسان۔" میں نے یقین دلانے

کے طور پر لفظ "لوزرے" پر زور دیکر کہا۔

"پھر وہی بات۔ میاں کہہ تو دیا انسان آجکل گھِس لگانے کو بھی نہیں۔ اور انسان تو انسان، میں تو سمجھتا ہوں آدمی بھی دنیا میں کم ہی ہوں گے۔"

"یہ کیا فرمایا خانصاحب آدمی کم ہیں؟ چاندنی چوک جیسے لمبے چوڑے بازار میں تو کھوے سے کھوا چھلتا ہے اور آپ فرماتے ہیں کہ آدمی کم ہیں۔ یہ بات کچھ دماغ میں نہیں بیٹھی خانصاحب!" میں نے اپنے چہرے پر آثار سراسیمگی پیدا کرتے ہوئے کہا۔

"اب تم نئی بحث چھیڑ بیٹھے۔ آؤ لگے ہاتھوں اسکو بھی سمجھاتے چلیں۔" خانصاحب نے افیم کی ٹکی چسکی لگاتے ہوئے کہا۔ میاں میرے بات یہ ہے کہ ــــــ ایک پوڑی منہ میں ڈالکر بولے ہونے کو تو سب ہی آدمی ہیں مگر زیادہ تر محض صورت شکل کے لحاظ سے آدمی ہیں۔ سیرت اور افعال کے لحاظ سے جانور، بُرے جانور بلکہ جانوروں سے بھی بدتر۔ جانور بیچاروں کو یہ باتیں کہاں نصیب جو یہ حضرت آدمی کہے جاتے رہتے ہیں۔ دیکھو، میاں میرے بات یہ ہے کہ ــــــ ..... یہ خان صاحب کا تکیہ کلام ہے ــــــ آدمی آخر آدمی ہی ہے فرشتہ تو ہے نہیں اس سے خطائیں بھی ہوتی ہیں، لغزشیں بھی ہوتی ہیں، گناہ بھی ہوتے ہیں اسلئے کہ اللہ میاں نے اِس کے اندر جذبات بھی تو بھر رکھے ہیں۔ بس تو بات یہ ہے کہ جو انسان اِن جذبات کو کچل کر سلامت روی سے نکل گیا وہی امتحان میں پاس ہوا اور انسان بنا اور جو اِن میں کہیں اُلجھا کہیں بچا کہیں گرا کہیں سنبھلا وہ بھی خیر آدمی ہے۔ اور جو اِن آلائشوں میں گھِر کر رہگیا اور جس نے کبھی ضمیر کا کہا

نہ کیا وہ آدمی نہیں آدمی کی شکل میں کسی طرح کا جانور ہے۔ کونسا جانور ہے؟ یہ اُس کے افعال اور کردار پر منحصر ہے۔ تو بات یہ ہے کہ اس ترازو میں لوگوں کو تولو۔ اس کانٹے میں جانچو اور اس کسوٹی پر کسو تو معلوم ہوگا کہ یہ جو سب کے سب اتنے سارے آدمی نظر آرہے ہیں ان میں سے دراصل بڑی تعداد آدمی کی شکل کے جانوروں کی ہے۔ ہاں تو وہ تم کیا بات پوچھ رہے تھے" خانصاحب نے گنّا چھیلتے ہوئے کہا۔

"آپ کا اسم مبارک مرزا قربان علی بیگ۔ خاں ہے" میں نے ڈرتے ڈرتے کہا

"اس میں دریافت طلب کونسی بات ہے۔ سب ہی جانتے ہیں" خانصاحب نے داڑھی پر ہاتھ پھیرتے ہوئے کہا۔

"مگر یہ بات سمجھ میں نہیں آئی کہ آپ مرزا ہیں یا خان۔ یعنی مغل ہیں یا پٹھان؟" میں نے جی کڑا کر کے کہدیا۔

"تمہاری سمجھ تو ہمالیہ پہاڑ کے نیچے دب گئی۔ اتنے عرصہ سے ہمیں دیکھ رہے ہو آخر کیا اندازہ لگایا تم نے۔ تمہاری نظروں میں ہم مرزا جی بنچتے ہیں یا خان؟" خان صاحب نے تن کر کہ جتنا اُن سے پچپن برس کی عمر میں تنا گیا۔

"ایمان کی بات تو ہے کہ آپ پور پور خان نچجتے ہیں" میں نے اپنی آنکھوں میں تعریف کی چمک پیدا کر کے کہا۔

"تو پھر ہم خان ہی ہیں۔ ہر کہ شک آرد کافر گردد۔" خانصاحب نے بڑی گُھلاتے ہوئے ہنس کر کہا۔

"بیشک بیشک آپ خان تو ہیں ہی مگر اک ذرا سی بات یہ ہے کہ آپ کے نام کے الفاظ مرزا اور بیگ چغلی کھا رہے ہیں" میں نے بھی ہنس کر کہا۔

"اچھا یہ بات ہے۔ آپ کو بھی ان ہی سے مغالطہ ہوا؟" خانصاحب نے گردن کو جھٹکا دیکر کہا۔

"جی ہاں" میں نے آہستہ سے کہا۔

میاں میرے سنو، بات یہ ہے کہ یہ سب تعظیمی الفاظ ہیں۔ موٹی سی اور سیدھی سادی مثال تو میں یہ دیتا ہوں کہ مسلمانوں میں سب سے زیادہ تعظیم کا لفظ "خان" ہے۔ تم کہو گے کہ سید سب سے زیادہ قابل تعظیم ہیں۔ تو بات یہ ہے کہ تم حالات اور واقعات سے اپنی بات کو وزنی نہیں بنا سکتے۔ تم روزمرہ دیکھتے رہتے ہو کہ مغل ہو تو شیخ ہے تو اور سید ہے تو پٹھان بننے پر ہی اُدھار کھائے بیٹھا ہے پٹھان ہی بننے کی فکر میں دن رات غلطاں پیچاں ہے۔ اسی کے لئے لوگوں کی خوشامد درآمد کرتا پھرتا ہے۔ ہزاروں روپے خرچ کر کے میونسپل کمشنر بنتا ہے۔ پھر ڈپٹی کمشنر کی کوٹھی کے تاوے کا ٹتا ہے۔ دعوتیں دیتا ہے، سوغاتیں پہنچاتا ہے اور آخرکار "خانصاحب" بن جاتا ہے۔ اور اسی پر بس نہیں کرتا بلکہ "خان بہادر" بن کر دم لیتا ہے اور کھری بات یہ ہے کہ ہم سے جو پوچھو تو بہادر تو کیا وہ تو نرا خان بھی نہیں بنتا۔ جس میں بہادری نہ ہو جس میں غصہ نہ ہو جس کے بدن میں خون جوش نہ مارتا ہو، جس کا خواہ مخواہ الجھ پڑنے کو دل نہ چاہے؛ جو ذرا سی بات پر مرنے مارنے کو تیار نہ ہو جائے

جو ہر وقت ماش کے آٹے کی طرح اینٹھتا نہ رہتا ہو وہ خان نہیں، خان کی کاغذی تصویر ہے۔ اور ناموں کا کیا ہے جو ماں باپ نے رکھ دیئے وہی عمر بھر کے لئے ہو گئے۔ میاں بات یہ ہے کہ نام فقط پہچان کے لئے ہوا کرتے ہیں کہ سمجھنے سمجھانے میں آسانی ہو۔ ورنہ آدمی افعال سے، عادات سے پہچانا جاتا ہے۔ تم ہی ایمان سے کہو سیّدوں کو شراب پیتے نہیں دیکھا، سارے ہی کرم کرتے ہیں پھر سیّد کے سیّد۔ تو ایسے سیّدوں کو تم سردار سمجھو تو سمجھو ہم تو سرے سے انہیں مسلمان ہی نہیں سمجھتے۔ اب تمہاری بات کا جواب دیتا ہوں۔ بات یہ ہے کہ ماں باپ نے تو مرزا قربان علی بیگ نام رکھا۔ ہم نے اپنی طبیعت میں صلاحیت دیکھ کر اور اندازہ لگا کر لفظ خان اور بڑھا دیا۔ ہم پٹھان وٹھان تو جانتے نہیں۔ ہاں اتنا ضرور جانتے ہیں کہ ہم خان ہیں بلکہ خان بہادر۔ روپیہ خرچ کرتے تو سرکاری خان بہادر بن جاتے مگر نقلی۔ اب غیر سرکاری ہیں اور اصلی۔ ہمارے اِس عمر میں بھی یہ دم خم ہیں کہ تم جیسے چار چھچھورے بھی مقابلہ پر آجائیں تو ہم دم بھر میں دھجیاں اُڑا دیں دھجیاں۔" خانصاحب نے گرجتے ہوئے اپنی تقریر ختم کی۔

اس گفتگو کے بعد چونکہ خانصاحب کا پارہ ذرا تیز ہو گیا تھا میں نے ٹھہرنا مناسب نہ سمجھا اور چُپ چاپ کھسک آیا۔ اب تک جو گفتگو خانصاحب کی آپ نے سُنی۔ اِس سے آپ نے ان کو مردِ معقول سمجھا ہو گا۔ ان کی یہ باتیں تھیں بھی وزنی۔ مگر اب جو لکھتا ہوں اُسے پڑھکر آپ بھی چکرائیں گے۔ میری خود اپنی سمجھ

میں اب تک نہیں آیا کہ خانصاحب دراصل معقول آدمی ہیں اور محض تفنن طبع کے لیئے ایسی باتیں کرنے لگتے ہیں جو میں اب لکھ رہا ہوں یا بیٹھے بٹھائے ایک دم سے اُن کے دماغ کی کوئی چُول ڈھیلی ہوجایا کرتی ہے۔ بہر حال آپ سنئیے:۔

خانصاحب کی بیٹھک میں آٹھ دس نئی روشنی کے لوگ جمع ہیں، بیچ میں خانصاحب تشریف فرما ہیں۔ سامنے حقہ رکھا ہے۔ ہاتھ میں افیون کی پیالی ہے۔ ایک طشتری میں ریوڑیاں رکھی ہوئی ہیں۔ دو تین پوریاں گنے کی بھی موجود ہیں)۔ افیون گھوستے جاتے ہیں، ایک دو کش حقہ کے لگاتے۔ ایک چُسکی افیون کی لی، دو تین ریوڑیاں منہ میں ڈالیں۔ گھلاتے جاتے ہیں، گنا چھیلتے جاتے ہیں۔ مزے مزے کی باتیں کر رہے ہیں، سب ہنس رہے ہیں۔ خانصاحب ہیں کہ نہایت متانت وسنجیدگی کے ساتھ میٹھے رموز ونکات بیان فرما رہے ہیں۔

"خانصاحب! یہ ہاروت اور ماروت کون تھے؟" میرے دوست اصغر نے پوچھا۔

"یہ دونوں الفاظ ہار اور مار سے نکلے ہیں۔ ایران کے سب سے بڑے شاعر بزرجمہر نے اپنے دیوان جام خُم میں بڑی تشریح کے ساتھ یہ واقعہ لکھا ہے کہ جب محمود غزنوی نے اپنی فوج لیکر ایران پر چڑھائی کی تو اُس وقت لڑائی کا قاعدہ یہ تھا کہ ایک ایک آدمی دونوں فوجوں سے نکل کر آتا تھا۔ پہلے اپنے کان کو ہاتھ لگا کر زمین چھوتا تھا۔ پھر فریق ثانی سے گلے مل کر خوب روتا تھا۔ پھر لڑنا

شروع کر دیتا تھا۔ اُس وقت جو ہار جاتا تھا اُسے "ہاروت" کہتے تھے اور جو دوسرے کو مار دیتا تھا اُسے ماروت کہتے تھے۔ تو محمود کی فوج میں اُسوقت ایک حبشی ملک کافور تھا جس نے پینتالیس آدمی یکے بعد دیگرے مارے تھے وہ اُس زمانے کا ماروت مشہور ہوا اور ہاروت تو جتنے ہارے یعنی مارے گئے سب ہی تھے"۔

"خانصاحب! ہم نے تو سُنا ہے کہ ہاروت ماروت دو فرشتے تھے جو زہرہ طوائف سے عشق کرنے کی بدولت چاہ بابل میں اُلٹے لٹکائے گئے تھے"۔ میرے دوست قدیر نے کہا۔

"اوہو تم اُس واقعہ کی طرف اشارہ کر رہے ہو! میاں بات یہ ہے کہ بات کو توڑ مروڑ کر یہ لکھنے والے جاہے جو کچھ لکھدیں اور پڑھنے والے جو کچھ سمجھ لیں۔ مگر سینہ بہ سینہ علم کی کیا بات ہے۔ سچی باتیں تمہیں ہم نہ بتائیں گے تو اور کون بتانے آئے گا۔ تو سنو۔ امریکہ کے لوگ بڑے جیوٹ اور جی دار ہوتے ہیں۔ ہانگ کانگ کے پاس ایک کنواں ہے......"

"امریکہ میں کون سا ہانگ کانگ ہے"۔ قدیر نے حیران ہو کر کہا۔

تمہاری بات کاٹنے کی عادت بہت بُری ہے جی"۔ خانصاحب نے جھڑک کر کہا۔" میں خود ہی سب کچھ بتا دیتا۔ اچھا سنو! ہانگ کانگ امریکہ کا دارالخلافہ ہے۔ وہاں ایک کنواں ہے بہت گہرا۔ اتنا گہرا کہ دُنیا کے

دوسری طرف پھوٹ نکلا ہے۔ وہاں کے آدمی ایسے جیوٹ ہوتے ہیں کہ کبھی ہمالیہ کی چوٹی پر چڑھ جاتے ہیں کبھی زمین کے شمالی سرے پر جا پہنچتے ہیں۔ مرتے بھی ہیں لنگڑے لولے بھی ہو جاتے ہیں مگر باز نہیں آتے۔ تو دو آدمی اُس کنویں میں رسّی پکڑ کر اُترے۔ دو تین میل تک تو رسّی کے سہارے سہارے اُترتے رہے۔ پھر رسّی ختم ہو گئی تو انہوں نے ہاتھ چھوڑ دیئے۔ ایک رات اور ایک دن متواتر چلتے رہے تیسرے دن صبح کو چاہ بابل کے کنویں میں سے کچھ عورتیں پانی بھر رہی تھیں جو ایک کی ٹانگ ایک کے ڈول میں پھنسی اور دوسرے کی دوسری عورت کے ڈول میں وہ عورتیں چلّائیں تو مرد آ گئے اور دونوں کو اُلٹا ہی کھینچ لیا۔ اس میں کوئی شک نہیں کہ نکلے دونوں بابل ہی کے کنویں میں سے تھے اور اُلٹے۔ مگر یہ حُسن و عشق کا قصہ! یہ سب کا سب شاعری ہے کوری شاعری۔ میں ایسی لغو باتوں کو نہیں مانتا۔"

"اور خانصاحب! یہ یاجوج ماجوج کون تھے؟" میرے دوست مسعود نے دریافت کیا۔

"اِس باب میں مختلف روایات ہیں"۔ خانصاحب نے افیون کی چُسکی لیتے ہوئے کہا۔ "بزرجمہر نے اپنے "جام خم" میں لکھا ہے کہ جب افراسیاب کی فوج نے دارا کی فوج پر حملہ کیا تو دارا شکست کھا کر بھاگا اس لئے کہ افراسیاب کی فوج میں دو عفریت یاجوج اور ماجوج بھی تھے جنہوں نے دارا کی فوج

کے آدمیوں کو گھوڑوں سمیت کچا ہی کھانا شروع کردیا تو دارا بچارا بھاگا اور بچی کھچی فوج کے ساتھ بغداد شریف پہنچا۔ وہاں جاکر حضرت سلیمان علیہ السلام سے فریاد کی۔ اتنے میں افراسیاب کی فوج بھی بغداد شریف پہنچ گئی۔ حضرت سلیمان علیہ السلام کو تو اللہ نے بڑی طاقت بخشی تھی۔ اُن کے تو جنات تابع تھے بس انہوں نے یاجوج ماجوج دونوں عفریتوں کو پکڑ کر ایک غار میں قید کردیا اور افراسیاب سے دارا کا سارا ملک واپس دلوا دیا۔ بلکہ تاوان میں ایران کا وہ حصہ بھی دلوا دیا جسے آج کل ترچیاپلی کہتے ہیں۔ تو اِن دونوں یاجوج ماجوج کو ایک غار میں بند کرکے اُسے ایک بڑی سی سِل سے ڈھک دیا اور اُس پر اسم اعظم دم کردیا۔ کہتے ہیں کہ یہ دونوں اُس وقت سے اب تک اندر ہی اندر زمین کھودتے چلے جا رہے ہیں جب کوئی بڑا سا پہاڑ راستے میں آجاتا ہے اور اُسے یہ دونوں زور لگا کر ہلاتے ہیں تو ساری زمین ہل جاتی ہے اور زلزلہ آجاتا ہے جسے تم لوگ بھونچال کہتے ہو اور........

" اچھا تو خان صاحب یہ زلزلے اِس وجہ سے آیا کرتے ہیں " میرے دوست حمید نے پوچھا۔

" اور تم کیا سمجھتے ہو کہ زمین گائے کے سینگ پر ہے اور جب وہ گائے سینگ بدلتی ہے تو زمین ہل جاتی ہے اور زلزلہ آجاتا ہے۔ میں ایسی لغو اور فضول باتوں کو نہیں مانا کرتا۔ ہاں تو ایک دن وہ آئے گا جب یہ دونوں یاجوج اور

ماجوج زمین سے باہر نکل آئیں گے اور بس حب ہی قیامت آجائیگی۔"

"سبحان اللہ سبحان اللہ ! خانصاحب آپ تو بحر العلوم ہیں. کیسے کیسے تاریخی واقعات بیان فرمائے ہیں آپ نے. دل خوش ہوگیا۔" حمید نے جھومتے ہوئے کہا.

"خانصاحب کی کیا بات ہے. ہر فن میں ہر طرف سے ماہر ہیں۔" حامد نے کہا.

"خانصاحب کسی علم میں بند تھوڑے ہی ہیں. تاریخ، جغرافیہ، ریاضی فلسفہ، علم الارض، علم الافلاک. غرض کون سا علم ہے جس میں ہمارے خاں صاحب کو کامل دسترس نہیں۔" میں نے بظاہر بڑے جوش سے کہا.

"ہمارے اصغر بھائی اور حمید بھائی شاعر ہیں. ہاں اصغر بھائی وہ سوال خانصاحب سے کیجئے. یہ یقیناً آپ کو جواب شافی دیں گے۔" حامد نے ذرا اونچی آواز سے کہا.

"کونسا سوال ہے؟ پوچھو پوچھو. شوق سے پوچھو۔" خانصاحب نے افیم کی چسکی لیتے ہوئے کہا.

آپ کی رائے میں گزشتہ دور کے شعراء میں سب سے قابل کونسا شاعر تھا۔" اصغر نے سوال کیا.

"تم نے ایک چھوٹا سا سوال کر کے میرے تخیلات میں ہیجان برپا کردیا."

خانصاحب نے بے چین ہوتے ہوئے کہا۔" خیر! تم بھی کیا یاد کرو گے۔ لو آج میں بھی شاعری کے متعلق ایسے ایسے فلسفیانہ نکات بتاتا ہوں کہ جس محفل میں چلے جاؤ گے نام پاؤ گے۔ بات یہ ہے کہ میری زندگی کا کچھ بھروسہ نہیں۔ کیا جانے کب بلاوا آجائے۔ سینے پر بوجھ لے جا کر کیا کروں گا۔ لو جو کچھ کہوں اُسے کان دھر کر سنو اور گرہ میں باندھ لو۔ سنو۔ تقابل کی غرض سے جب ہم شعرائے ماضی پر نظر ڈالتے ہیں تو ہمیں صرف ایک دور ایسا نظر آتا ہے جس میں اکھٹے چھ شعرا ایک ہی زمانے میں متفرق ممالک میں ممتاز نظر آتے ہیں۔ اُس زمانے کو مورخ لوگ سنہرا زمانہ کہتے ہیں۔ ظاہر ہے کہ ہر زمانے میں چھوٹے چھوٹے شعرا تو حشرات الارض کی طرح ہوا کرتے ہیں۔ اُن سب سے قطع نظر کر کے اگر ہم صرف بڑے ہی بڑے شاعروں کو لیں جو اپنے اپنے ملکوں میں ممتاز تھے اور اُن کے کلام کو تنقیدی نگاہ سے دیکھیں اور شاعری کے اصولوں اور قواعد و ضوابط کی ترازو میں تولیں' اور زبان و محاورے کی کسوٹی پر کس لگا کر دیکھیں تو صاف معلوم ہو جائے گا کہ کون سا شاعر ہر لحاظ سے سب میں ممتاز تھا۔ اٹھارہویں صدی عیسوی میں یہ چھ شاعر مختلف ممالک میں نامور، ممتاز اور مشہور ہو گزرے ہیں۔ ہومر چین میں، شیکسپیئر اٹلی میں' فردوسی عرب میں' شکنتلا، غالب، اور میر تقی سودا ہندوستان میں"۔

" ہائیں خانصاحب! شکنتلا کو آپ شاعر فرما رہے ہیں وہ تو عورت تھی"۔ میں نے آنکھیں پھاڑ کر جلدی سے کہا۔

"تمہیں فغفورِ چین کی لڑکی کا خیال ہوگا۔ اُس کا نام بھی شکنتلا تھا۔ میں اُس کا ذکر نہیں کر رہا۔ میں تو اُس شکنتلا کا ذکر کر رہا ہوں جو ہندوستان کا مایۂ ناز شاعر تھا۔ جس نے کالی داس کا ناٹک لکھکر اردو شاعری کو چار چاند لگائے جس کے بارِ احسان سے اردو زبان قیامت تک سبکدوش نہیں ہو سکتی۔" خانصاحب نے جھوم کر کہا۔

"خانصاحب آپ کیا فرما رہے ہیں؟ شکنتلا شاعر اور کالیداس ناٹک؟ ہم نے تو یہ پڑھا ہے کہ......

"مت بکواس کرو جی۔ تم کیا جانو شاعر کسے کہتے ہیں اور ناٹک کس چانور کا نام ہے۔ جامع المشاعر مطبوعہ نولکشور پریس کے صفحہ ۴۲ پر دیکھو۔ مجھے کتابیں حفظ یاد ہیں حفظ۔" خانصاحب نے تن کر مونچھوں پر تاؤ دیتے ہوئے فرمایا۔

"اچھا فرمائیے۔" میں نے اُن کے غصّے سے ڈر کر ہوئے سے کہا۔

"ہومر، شیکسپیئر اور فردوسی اِن تینوں کے ہاں گل و بلبل کی شاعری ہے کہیں کہیں قدرتی مناظر کا نقشہ بھی موجود ہے۔ مگر اول تو ہمیں یہ موضوع کچھ پسند نہیں دوسرے اُن کی زبان غیر تھی۔ ہم اچھی طرح سمجھ بھی نہیں سکتے بھلا آپ ہی فرمائیے فردوسی کی عربی، شیکسپیئر کی لاطینی اور ہومر کی چینی سے ہم کیونکر لطف اندوز ہو سکتے ہیں۔ مانا کہ یہ تینوں اپنے زمانے کے اُستاد تھے مگر ہمیں کیا؟ ہم نے تو اِس وقت سرسری طور پر اِن کا ذکر بھی اس لئے کر دیا کہ

جامع المشاعر میں انہیں استاد لکھا ہے۔ اب رہ گئے تین شاعر جو اپنے ہندوستان کے تھے۔ اِن کا کلام اُردو میں ہے۔ سبحان اللہ کیا بات ہے صاف ستھری زبان، دلفریب محاورے، موزوں الفاظ، برجستہ مضمون۔ پاکیزہ ترکیبیں، مرصع بندشیں جسے دیکھو اپنے رنگ میں نرالا ہے، مست کرنے والا ہے، اب ہمیں دیکھنا یہ ہے کہ اِن سب میں افضل کون ہے اور اِن اچھوں میں سے سب سے اچھا چُن کر دکھانا ہے۔ تو سنو۔ شکنتلا نے حیدر آباد سندھ سے لیکر راس کماری تک اپنا ڈنکا بجوایا تھا تو غالب نے میرٹھ سے سری نگر تک اور میر تقی سودا نے رائے بریلی سے مرشد آباد تک۔ یہ تینوں ہندوستان کی روح درواں تھے۔ اِن کے اشعار سُن کر بہتا پانی تھم جاتا تھا۔ یہ لوگ برسات میں شعر پڑھتے تھے تو پرنالوں میں ماہی پشت کا جال بن کر جم جاتا تھا۔ اِن کے کلام میں جادو تھا۔ یہ لوگ سانڈوں کو لڑوا دیتے تھے۔ مگر بھئی میں تو یہی کہوں گا کہ غالب غالب ہی تھا۔ ہر لحاظ سے غالب تھا۔ یہی سرسید مرحوم نے بھی اپنی کتاب "آثار الصنادید" میں لکھا ہے۔ مگر تم یہ نہ سمجھنا کہ میں سرسید مرحوم کی رائے سے متاثر ہو کر کہہ رہا ہوں۔ جامع المشاعر پڑھو گے تو تمہاری بھی یہی رائے ہوگی"

"خانصاحب! آج تو آپ نے دریا کو کوزے میں بند کر دیا۔ ایسے ایسے نکات و رموزِ شاعری کے بیان فرمائے ہیں کہ جی خوش ہوگیا۔ اب جی چاہتا ہے کہ آپ کا بیش بہا کلام بھی سُن کر مستفید ہوں۔" میں نے منت سے کہا۔

"تم میرا کلام کیا خاک سمجھو گے۔ میری راہ سب سے جداگانہ ہے اور پھر ایک کی ایک۔ ہر شخص کی یہی رائے ہے کہ بڑا دلچسپ کلام ہے مگر دراصل پلے کسی کے کچھ نہیں پڑتا۔ اور سب جھک مار کر کہنے لگتے ہیں کہ مہمل ہے مہمل ہے۔

ارے میاں بات یہ ہے کہ ہم جیسے آدمی کوئی روز روز تھوڑے ہی پیدا ہوتے ہیں۔ یہ بھی خدا جانے کیا اللہ میاں کے جی میں آگئی تھی جو سر سید، منشی ذکاء اللہ، ڈپٹی نذیر احمد، محسن الملک، وقار الملک اور ہم جیسے سب کے سب ایک ہی گھان میں بنا ڈالے" خانصاحب نے میری طرف دیکھ کر بڑے فخر سے کہا۔

ہم جتنے آدمی وہاں بیٹھے تھے سب ایک دم سے اُن کے سر ہو گئے۔ تو آخر انہوں نے اپنا کلام بلاغت نظام یوں سنانا شروع کیا۔

جب شورِ سلاسل ہوتا تھا محبوب سے پردا کیا کرتے
تاریک فضاؤں میں رہ کر ہر گام پہ سجدہ کیا کرتے

جانبازیِ عاشق حدِ نظر تک حُسن کی فطرت میں شامل
فردوسِ بریں کو ساغر سے ہمدوشِ ثریا کیا کرتے

جلووں کی فراوانی سے جبیں مانوسِ حوادث کیا ہوتی
جب حُسنِ نظر کا ساحل تھا پھر اور مداوا کیا کرتے

اُن چاندنی راتوں کی دھڑکن سے جام و صبو بھی غافل تھے
مسحور فضائیں رنگِ شفق تھیں عرضِ تمنا کیا کرتے

طوفانِ تلاطم خیز میں جب ساحل کی بلندی پر پہنچے
پھر سوزِ درونِ پردہ کو ہم دیر و کلیسا کیا کرتے

جاں سوز طرب افروز نظر مقبولِ دوعالم حُسنِ بشر
ہر شانِ جبیں آرائی کو ہم محملِ لیلیٰ کیا کرتے

صحرائے بیاباں مثلِ بگولہ خاک اُڑاتا پھرتا تھا
تقدیر میں جب تعمیر نہ تھی تخریب میں جھگڑا کیا کرتے

جب چاک گریباں کے ہاتھوں یوں خونِ تمنا ہوتا تھا
زنداں کے اسیرِ دستِ اجل کو تو تماشا کیا کرتے

لطا آغوش سے شاعرِ فطرت کو کہتے ہیں کہ ہے یہ مہمل گو
اِن عقل کے اندھوں کو پھر ہم تار یہ بیضا کیا کرتے

ہم سب نے یہ بلند پایہ غزل سُن کر اس قدر تعریف کی کہ سارے گھر کو سر پر اُٹھا لیا۔ چونکہ وقت بہت ہو گیا تھا مجلس برخاست ہوئی۔ سب اُٹھ کھڑے ہوئے۔ یار زندہ صحبت باقی!

ہم کیا کریں؟

"دیکھنا ذرا اس کلمونی کی تو جا کر خبر لو۔ کہاں مرگئی؟

ہم :۔ کون سی کلموئی؟

بیگم :۔ یہ کم بخت جُمیا کل سے کمانے نہیں آئی۔ سارا گھر سڑ رہا ہے۔ ذرا جا کے دیکھو تو کیا ہوا؟

ہم :۔ ہمارے تو دفتر کو دیر ہو رہی ہے۔ تم نے یہ ایک اور کام بتا دیا۔

بیگم :۔ تم جاؤ نہ جاؤ۔ یہ بھی سوچا کہ کمایا نہ جائے گا تو آخر ہو گا کیا؟

ہم با دلِ ناخواستہ اُٹھے۔ محلّے میں گئے۔ لوگوں سے پوچھا۔ سب نے یہی کہا کہ کل سے ہمارے ہاں بھی کمانے نہیں آئی۔ ہم کٹڑے میں گئے دیکھا کہ جُمیا بیٹھی مزے سے ہنس ہنس کر باتیں کر رہی ہے۔ ہم نے کہا۔

ہم :۔ بھاگوان! تو نے یہ کیا کیا۔ گھر کو سنڈاس بنا دیا؟

جُمیا :۔ میاں! ہم سے اب اِس محلّے میں نہیں کمایا جاتا۔ تم کوئی اور بندوبست کر لو۔

ہم :۔ ارے اور بندوبست کیسا۔ تو بات تو بتا کیا ہے؟

جمیا :۔ میاں پرسوں تمہاری بیگم صاحب نے مجھے جھاڑوؤں سے مارا۔ لو صاحب ایک تو ان کا میاں سر پر اٹھائے اٹھائے پھرو اوپر سے مار بھی کھاؤ۔ نا صاحب یہ ہمارے بس کا روگ نہیں۔

ہم :۔ ارے تو پھر تو ہی بتا اب کیا ہوگا۔ ہم خود اپنے سر پر اٹھا اٹھا کر پھینکیں گے؟

جمیا :۔ یہ تو بیگم صاحب سے پوچھو جنہوں نے جھاڑوؤں سے مارا ہے ہم نے بہت دیر تک سمجھایا مگر وہ کسی طرح راضی نہ ہوئی تو گھر آکر بیوی سے کہا

ہم :۔ وہ تو آتی نہیں بیگم

بیگم :۔ آتی کیسے نہیں، چٹیا پکڑ کر لاؤ قطامہ کی۔

ہم :۔ یہ ہمارے بس کی بات نہیں۔

بیگم :۔ آخر بکتی کیا ہے۔ معلوم تو ہو۔

ہم :۔ وہ کہتی ہے تم نے پرسوں اُسے جھاڑوؤں سے مارا۔

بیگم :۔ ہاں ہاں، مارا اور ماروں گی جھاڑوؤں سے مارا! اُس کے تو جوتیاں لگاؤں گی جوتیاں۔ لو صاحب، ایک تو دو وقتی کو نہ آئیں، فرش دھوئیں اپنی شکل کا۔ کنشتر منگوا کر دیا فرش دھونے کے لئے۔ کم بخت

نے چار دن میں پیندا توڑ دیا۔ پاخانہ دھونے کے لئے پانی لے جاتی ہے تو وہاں جاتے جاتے آدھا کنستر رہ جاتا ہے۔ وہیں باہر سے کھڑے ہو کر جو پھینکتی ہے تو اک ذرا سا پانی اندر جاتا ہے باقی سب باہر ہی گر جاتا ہے۔ اور جو کچھ کہو تو تڑانا شروع کر دیتی ہے۔ ایک روپیہ مہینے کا ڈیڑھ کروا لیا اور کام ایسا دلدر۔

ہم:۔ تو اب کیا ہو؟

بیگم:۔ ہو کیا؟ چودھری سے جاکر کہو، اُسے ڈانٹو، کمیٹی میں رپورٹ کرو۔

ہم:۔ لاحول ولاقوۃ! اب میں دفتر جاؤں یا اس جھکندن میں پڑوں۔

بیگم:۔ تمہیں جھکندن ہی دکھائی دے رہا ہے۔ ارے میں کہتی ہوں کچھ بندوبست نہ کرو گے تو اس گھر میں رہ کیسے سکو گے۔

ہم:۔ بیگم! ہماری جان تو مصیبت میں آگئی۔ اُس دن تم نے دھوبن کے تھپڑ مار دیا۔ وہ کپڑے پھینک پھانک کر چل دی۔ بڑی منت خوشامد سے اُسے راضی کیا۔ اب تم نے یہ دوسرا محاذ جنگ قائم کر دیا۔ میں ہی رہ گیا ہوں ان کمینوں کی خوشامد کرنے کو۔ اچھا تم کھانا تو لاؤ۔ میرے دفتر کو دیر ہو رہی ہے۔

بیگم کھانا نکالتی جاتی تھیں اور بڑبڑاتی جاتی تھیں۔" نوج کسی کے گھر کے

مردودے ایسے ہوں مومناچومنا۔ اِن موئے کمینوں کو سر ہی پر چڑھا لیا ہے اور کوئی ہوتا تو اِس نامراد کے ایسے جوتے لگاتا کہ یاد کرتی۔ اِن سے ڈانٹ ڈپٹ بھی نہیں کی جاتی۔"

ہم نے جلدی جلدی کھانا کھایا کیا دھکیلا اور دفتر بھاگے۔ اپنی بیگم کی عادت تو جانتے ہی تھے سارے دن خیال لگا رہا کہ خبر نہیں کیا ہو رہا ہوگا۔ یہ اللہ کی بندی کسی کی خاک نہیں مانتی۔ ہر کسی سے اُلجھ پڑتی ہے۔ خیر دفتر میں کام بھی کرتے جاتے تھے اور دماغ میں ایک چھوٹی سی تقریر بھی تیار کر رہے تھے کہ بیگم کو یوں سمجھائیں گے، یہ کہیں گے، یوں قائل کریں گے۔ آج دفتر سے ذرا سویرے سے اُٹھ کھڑے ہوئے۔ گھر پہنچتے ہی سب سے پہلے بیگم کی صورت دیکھی کہ چہرے پر امن و امان کی فضا ہے یا آثارِ برہمی ہیں۔ انہوں نے بھی آنکھیں چار کیں اور نظروں کے سوال کا جواب زبان سے یوں دیا

بیگم:۔ کچھ اور بھی سنا تم نے؟

ہم:۔ کیا ہوا۔ کوئی نیا گل کھلا گیا؟

بیگم:۔ وہ سارے محلے والے بھی تم ہی کو بُرا کہہ رہے ہیں۔

ہم:۔ مجھے۔ ارے میں نے کیا کیا؟

بیگم:۔ یہ جُمیا کی بچی کہتی ہے کہ سارا محلہ کماؤں گی مگر یہ حویلی نہیں کمانے کی۔ اور یہ محلے والے بھی اُسے ڈرا ۔ نٹنے سے تو رہے اور اُلٹی ہاں میں ہاں

ملا۔۔تے ہیں۔

ہم :۔ یہ تو بری ہوئی۔

بیگم :۔ بری کیسے ہوئی۔ تمہارے منہ میں زبان نہیں ہے۔ کہتے کیوں نہیں جاکر

ہم :۔ بیگم سارا دن تو کا غذوں سے سر مارتے گذرا اب ان سے سر کھپاؤں۔ کیا مصیبت میں جان آئی ہے۔

بیگم :۔ پہلے زمانے کے بہادر لوگ فوجوں میں گھس جاتے۔ تھے اور کائی سی پھاڑ کر چلے آتے تھے۔ تم سے اتنا بھی نہیں ہوتا کہ زبان ہی سے لڑ لو۔

ہم :۔ پہلے زمانے کے لوگ گھی کھاتے۔ تھے اور دودھ پیتے تھے۔ ہم تیل کھاتے ہیں وہ بھی خالص نہیں۔ اور لسی پیتے ہیں۔ یہ بھی اللہ کی قدرت ہی سمجھو جو دفتر چلے جاتے ہیں اور خیر سے واپس آجاتے ہیں۔

بیگم :۔ اچھا پھر اس کا کچھ علاج بھی ہوگا یا نہیں؟

ہم :۔ ہائے پہلے زمانے کے لوگ کیسے اچھے تھے۔ دیکھنا بیگم! دن بھر روزہ رکھا، اور روزہ بھی کیسا، یہ نہیں کہ اس پر مزاج بگڑ رہا ہے اُس پر بک جھک رہے ہیں، اُسے پکڑ کر ٹھونک دیا۔ دوپہر بھر پڑے سناتے رہے۔ اٹھے منہ ہاتھ دھویا، بازار نکل گئے، کیلے چھانٹ رہے ہیں، امرود ہاتھ میں لے لے کر دیکھ رہے ہیں، انگور خرید رہے ہیں، دو گھنٹے یوں گذار آئے۔ اب بیٹھے ہوئے امرود چھیل رہے ہیں۔ کچا لو بنا رہے ہیں

بکتے جھکتے بھی جاتے ہیں۔ ہر دم گھڑی پر نظر ہے۔ خدا خدا کر کے مغرب کا وقت ہوا۔ اذان میں دو تین منٹ باقی ہیں۔ یہ اللہ کے نیک بند سے شربت کے پیالے کو للچائی ہوئی نظروں سے دیکھتے جاتے ہیں اور کہتے جاتے ہیں: "اِس محلّے کی دونوں مسجدوں کے گھنٹے پیچھے ہیں۔ بھلا دیکھو تو سہی اندھیرا ہو چلا اور ملّاجی ابھی پڑے اونگھ رہے ہیں اور اِس مسجد کا وہ پٹھان مُلّا تو ایسا نا معقول ہے کہ پہلے خود روزہ کھول کر اپنا ٹل بھر لیتا ہے پھر اذان دینے کھڑا ہوتا ہے۔ جا کر دیکھو تو بیٹھا کھا رہا ہوگا حالانکہ صحیح حدیث یہ ہے کہ" روزہ انطار کرنے میں جتنی جلدی کی جائے اتنا ہی زیادہ ثواب ہوتا ہے"۔ خیر صاحب خدا خدا کر کے اذان کی آواز کانوں میں آئی۔ پھر جو آستینیں چڑھا کر ڈٹے ہیں تو کبھی پھلکیوں پر ہاتھ مارتے ہیں، کبھی کچالو اُڑاتے ہیں، کبھی شربت کا گلاس منہ میں انڈیلتے ہیں۔ غرض دونالی بھر کے اُٹھے۔ نماز پڑھنے کھڑے ہوئے، ڈکاریں لے رہے ہیں، اور اُٹھک بیٹھک کر رہے ہیں۔ خیال کھانے میں لگا ہوا ہے۔ سچ تو یہ ہے کہ اگر ان لوگوں کو مسجدوں میں امام صاحب ڈیڑھ دو گھنٹے تراویحوں میں نہ رگڑیں تو یہ سحری کے رَدّے لگاتے لگاتے پانچ چھ ہی دن میں بیمار ہو کر پڑ جائیں۔ ہاں تو میں یہ کہہ رہا تھا کہ پہلے زمانے کے لوگ کیسے اچھے تھے کہ روزہ رکھا، قرآن شریف اور نمازوں میں

دن گذرا۔ اکلِ حلال کی سعئ نیک بھی کرتے رہے، افطار کا وقت ہوا کھجور سے روزہ کھولا اور جَو کی روٹی کھا کر عبادت میں مصروف ہو گئے اور اکثر اللہ کے نیک بندے ایسے بھی تھے کہ کھجور سے روزہ کھولا اور بغیر سحری کے دوسرا روزہ رکھ لیا۔ تو بیگم میرا مطلب یہ ہے کہ آؤ ہم بھی اللہ کے نیک اور پیارے بندے بن جائیں۔ سیر بھر کھجوریں لے آتا ہوں۔ دو دو کھجوریں روز کھا کر روزہ رکھ لیا کریں گے۔ نہ پیٹ میں کچھ رہے گا نہ یہ بھنگن کے نخرے اُٹھانے پڑیں گے اور پھر جنّت کے حقدار ہوئے سو الگ۔

بیگم:۔ واہ واہ واہ! میں تو سمجھی تھی جانے کیا کچھ دفتر سے سوچ کر آئے ہیں کوئی اچھی سی ترکیب بتائیں گے۔ انہوں نے تو ایک دم سے دلی ہی بنا دیا۔

ہم:۔ بیگم ذرا غور تو کرو کیسی اچھی بات ہے، کیسی نیک اور پاکیزہ زندگی ہوگی اور پھر ع

نے غمِ دزد نے غمِ کالا

بیگم:۔ اے بس رہنے دو اپنی بات وات کو۔ بات آئی ہے کہیں کی۔ جاؤ کچھ بندوبست کرو۔

ہم:۔ بیگم ہم نے جان کر تم سے نہیں کہا تھا کہ تم اور بھی چڑ جاؤ گی۔ بات اصل میں

یہ ہے کہ میں دفتر سے آج اِسی مارے جلدی اُٹھ آیا تھا۔ یہاں گھر میں گھُسنے سے پہلے میں میر صاحب کے ہاں گیا۔ اُنہیں ساتھ لیکر شیخ صاحب کے پاس گیا۔ وہاں مرزاجی اور لالجی بھی بیٹھے تھے۔ بہت سی باتیں ہوئیں۔ مگر

ع۔ مقطع میں آپڑی ہے سخن گسترانہ بات

بیگم:۔ مقطع کیسا؟ اب لگے یہاں بھی شاعری بگھارنے۔ بات کہو بات۔

ہم:۔ بات کیا کہوں تم بگڑ جاؤ گی؟

بیگم:۔ بات تو کہو۔ سیدھی بات پر کیوں بگڑنے لگی۔ ایسی کیا دیوانی ہوگئی ہوں۔

ہم:۔ سیدھی ہی تو بات نہیں ہے۔ ٹیڑھی ہے۔ جب ہی تو کہتے ہوئے ڈر لگتا ہے۔

بیگم:۔ بس بُجھوا چکے پہیلیاں۔ اب کہہ بھی چکو کسی طرح۔

ہم:۔ بیگم! وہ لوگ کہتے ہیں کہ ہم نے ہر طرح جُمیا کو سمجھایا بُجھایا۔ وہ کسی طرح نہیں مانتی۔ اِس بات پر اڑ گئی ہے کہ تم معافی مانگو۔

بیگم:۔ تم کیوں معافی مانگو؟

ہم:۔ ارے ہم نہیں تم مانگو تم!

بیگم:۔ (اُچھل کر) کیا کہا۔ میں معافی مانگوں، اُس چڑیل سے؟ ارے یہ کہا اُس نامراد ناشاد نے؟ ذرا لاؤ تو اُسے پکڑ کے میرے پاس

ارے تم میری شکل کیا دیکھ رہے ہو۔ ذرا لاؤ تو اُس کلموئی کی چُٹیا پکڑ کے میرے سامنے۔ ارے اُٹھو اُٹھو! میرے تن بدن میں آگ لگ رہی ہے اور یہ مزے سے بیٹھے مُٹر مُٹر دیکھے جا رہے ہیں۔ اُٹھو نا تمہیں ہو کیا گیا ہے؟ سُنتے نہیں۔

ہم:۔ بیگم! اسی لیئے تو میں خاموش تھا۔ تم سے کہتا نہ تھا۔ تم نے میرے حلق میں انگلی ڈال کے بات نکال لی۔ اب کیا کروں کچھ سمجھ میں نہیں آتا۔ اِدہر بھی تریاہٹ ہے اُدہر بھی تریاہٹ۔

بیگم:۔ اب تو میں ایک منٹ بھی اِس محلّے میں نہیں ٹھہر سکتی۔ دوسرا مکان لے لو۔ یہاں سے اُٹھ چلو۔

ہم:۔ مکان بھی کیا دکانوں پر ملتے ہیں کہ گئے اور لے آئے۔ نہیں کچھ خبر بھی ہے کہ دلّی میں مکانوں پر کیا آفت آئی ہوئی ہے۔ اچھے اچھے شریف اور پڑھے لکھے بابو لوگ بڑی بڑی تنخواہ والے چھوٹے چھوٹے مکانوں میں چھ چھ مل کر رہ رہے ہیں اور بال بچوں کو وطن میں چھوڑ رکھا ہے تم کہتی ہو کہ دوسرا مکان لے لو۔ کوئی اپنا بس ہے

بیگم:۔ تو میں تو جاتی ہوں اپنی اماں کے ہاں۔

ہم:۔ اچھا سنو تو سہی۔ تم بس اتنا زبان سے کہدو کہ آیندہ جھگڑا نہیں مارو گی پھر میں سلٹ لونگا اور سب کو راضی کرلونگا۔

بیگم:۔ ماروں گی. سو دفعہ ماروں گی. تو صاحب کام نہیں کرنے کی اور زبان چلائے گی تو میں اُس کی خوشامد کروں گی، اُس کے آگے ہاتھ جوڑوں گی. چڑیل کا مار مار کے بُھرکس نکال دوں گی.

ہم:۔ تو پھر اب کیا کیا جائے.

ملک الموت کو ضد ہے کہ میں جاں لیکے ٹلوں
سر بسجدہ ہیں مسیحا کہ مری بات رہے

بیگم:۔ یوں تو اُس کم بخت کو اور شیر کرنا ہوا کہ اب تو وہ مجھے لے کے جوتیوں میں بہن ڈالے گی اور خاک بھی کام کر کے نہ دیگی.

ہم:۔ نہیں ایسا نہیں ہوگا. تم میری بات مان لو. اِن کمینوں سے دُو بدو کرنی بھی نہیں چاہیئے. اِس لئے کہ اِن کی تو کوئی عزت نہیں. مار کھا لیں اور جھاڑ جھوڑ کر کھڑے ہو جائیں. اور جو خدا نخواستہ کہیں وہ بھی تمہیں ایک جھاڑ و مار بیٹھے تو تمہاری عزت تو دو کوڑی کی رہ جائے نا.

بیگم:۔ مارے تم کیا کہہ رہے ہو. وہ جوانا مرگ مجھے مار یگی؟ مجھے؟ ذرا مار کے تو دیکھے. کھال کھینچ کے رکھ دوں نامراد کی.

ہم :۔ کھال کھینچو یا کچھ کرو، عزت تو جاتی ہی رہیگی۔ بیگم ایک دن کا واقعہ سناؤں بالکل اپنے سامنے کا۔

میں بتاشوں کی گلی میں سے جا رہا تھا۔ ایک بھنگن بھرا ہوا ٹوکرا سر پر لئے گذر رہی تھی۔ پہلے زمانے میں بھنگی راستے میں آواز لگاتے چلتے تھے "بھنگی ہے سرکار" "بچ جائیے ماں باپ" "بچے جیتے رہیں" "حکم بنا رہے سرکار" اور اب تو جان جان کے بھڑ کے چلتے ہیں۔ تو ایک لالہ صاحب اُجلے برف کپڑے پہنے ہوئے جا رہے تھے بھنگن اُن سے بھڑ کر نکلی۔ لالہ صاحب جلدی سے بچ تو گئے مگر کہنے لگے "اری دیکھ کے نہیں چلتی۔ آنکھیں پھوٹ گئی ہیں۔ بھنگن وہیں کھڑی ہوگئی اور کہنے لگی" لالہ منہ سنبھال کے بات کرو آنکھیں پھوٹی ہوں گی تمہاری"۔ لالہ صاحب نے خفا ہو کر اُسے دو چار صلواتیں سُنائیں۔ بس یقین ماننا بیگم اُس بھنگن نے آؤ دیکھا نہ تاؤ وہ غلاظت کا بھرا ہوا ٹوکرا لالہ صاحب پر پھینک دیا۔ بیچارے کے سارے کپڑے خراب ہوگئے۔

بیگم :۔ پھر اُس چڑیل کو مارا نہیں لوگوں نے۔

ہم :۔ اُس کے بھی طرفدار موجود ہوگئے اور لالہ ہی کو بُرا بھلا کہنے لگے۔ سچ تو

یہ ہے کہ اِس زمانہ میں وہ مقولہ بالکل ہی صحیح ہوگیا ہے کہ " اپنی عزت اپنے ہاتھ ہے"۔

بیگم :۔ یہ تم ہی لوگوں نے اچھوتوں کو سر پر چڑھا دیا ہے۔ ورنہ اِن کی مجال تھی کہ آنکھ ملا سکتے۔

ہم :۔ تو بس اب میں جا کر کہہ دیتا ہوں۔ آئندہ تم اُس سے کچھ نہ بولنا۔

بیگم :۔ نہیں میں تو فی الحال اپنی اماں کے ہاں جاتی ہوں۔ تم اگر کہیں اور مکان کا بندو بست کرلو گے تو آجاؤں گی۔ نہیں تو تم جانو۔ مجھسے یہ ذلت برداشت نہیں ہونے کی۔

میں نے بیگم کو بہتیرا سمجھایا مگر وہ کسی طرح نہ مانیں اور اپنی اماں کے ہاں چلی گئیں اب ہم کیا کریں؟

وَلیِ کامِل

ڈاکٹر صاحب ! دیکھئے کیسی بہکی بہکی باتیں کر رہے ہیں. بخار اِس وقت بہت تیز معلوم ہوتا ہے. کہیں اِن کے دشمنوں کو سرسام تو نہیں ہو گیا۔

ڈاکٹر:۔ آپ ایسی بَولائی کیوں جاتی ہیں. کچھ ایسے زیادہ پریشان ہونے کی بات نہیں ہے. بخار بیشک ۱۰۴ درجے کا ہے. مگر سرسام کا مطلق اندیشہ نہیں. آپ بالکل نہ گھبرائیے۔

مریض:۔ سرسام ! سرسام !! ہاں ہاں سرسام صمصام کے بھائی کا نام ہے صمصام کو نہیں جانتے، لاحول ولاقوۃ ! ارے میاں وہی صمصام الدین جو شہر میں ڈپٹی کلکٹر ہیں. احتشام اور گلفام اُن کے بیٹے ہیں۔

بیوی:۔ ڈاکٹر صاحب ! خدا کے لئے آپ کوئی ایسی دوائی دیجئے جو اِن کا یہ بہکنا جائے آپ تو اب تھوڑی دیر میں چلے جائیں گے پھر میں ہوں اور یہ پہاڑ سی رات. بس رات بھر یوں ہی بہکتے رہتے ہیں اور کبھی

کبھی تو ایسے لال لال دیدے کرکے گھورتے ہیں کہ میرا دم فنا ہو جاتا ہے۔ اگر بُوا فہیمن اور نصیبن نہ ہوتیں تو جانے میرا کیا حال ہوتا!

مریض :۔ یہ کون بکواس کر رہا ہے؟ ڈاکٹر صاحب اس بیچاری کی باتوں کا خیال نہ کیجئے۔ یہ پیدائشی دیوانی ہے۔ اچھا ایک بات بتائیے آپ حلفیہ کہہ سکتے ہیں کہ میں پاگل ہوں۔

ڈاکٹر :۔ ہرگز نہیں۔

مریض :۔ اس کا کیا مطلب ہے؟ یعنی آپ بتانا نہیں چاہتے۔

ڈاکٹر :۔ میرا مطلب یہ ہے کہ آپ ہرگز پاگل نہیں ہیں۔ آپ کا دماغ بالکل درست ہے۔

مریض :۔ اچھا جو کچھ میں کہوں گا آپ اُس پر یقین لائینگے؟

ڈاکٹر :۔ کیوں نہیں۔

مریض :۔ اچھا بتایئے میں کون ہوں؟

ڈاکٹر :۔ آپ آدمی ہیں۔

مریض :۔ آدمی تو آپ بھی ہیں۔ اور یہ جو میری بیوی ہے، بڑی اچھی لڑکی ہے آپ ہنستے ہیں۔ کیوں ہنستے ہیں۔ یہ لڑکی نہیں تو کیا ہے؟ آپ پھر ہنس رہے ہیں۔ ارے میاں یہ تو سچ ہے کہ یہ چالیس برس کی ہے

مگر ہے تو لڑکی۔ آپ ہنسے جا رہے ہیں سُنیئے سنیئے۔ ہنسی کو رد کئے سُنیئے۔ جب تک اِس کے ہاں کوئی بچہ نہ ہو یہ عورت نہیں کہلائی جا سکتی۔

ڈاکٹر:۔ اب میں آپ کے سوال کا مفصل جواب دیتا ہوں۔ سنیئے۔ آپ علیگڑھ کالج کے گریجویٹ ہیں۔ نہایت شریف خاندان کے ہیں۔ آپ یہاں نہر میں ایگزیکٹو انجینیر ہیں۔ آپ کو ایک ہزار روپیہ ماہوار تنخواہ ملتی ہے۔ آپ کے پاس موٹر ہے۔ آپ بہ نسبت ریل کے سفر کے موٹر کے سفر کو زیادہ پسند کرتے ہیں اور اِسی پر دُور دُور سفر کرتے ہیں۔ آپ کی ڈاڑھی بہت لمبی اور گھن دار ہے اور ناف تک پہنچتی ہے اور جس وقت آپ ہیٹ لگا کر چلتے ہیں تو چہرے پر چہ اجوں نور برستا ہے۔

مریض:۔ آپ تو ہم سے اتنے واقف ہیں کہ ہماری بیوی بھی نہ ہوں گی۔ اچھا جناب یہ تو آپ اقرار کر ہی چکے ہیں کہ میں پاگل نہیں ہوں اور میرا دماغ صحیح و سالم ہے تو سنیئے آج چھ بجے شام کو میرا وصال ہے۔

ڈاکٹر:۔ کیا کہا؟

مریض:۔ میرے عزیز دوست! تُو میرا ہم جماعت بھی ہے اور اب دو برس سے میری اور تیری نوکری بھی ایک ہی جگہ ہے۔ تُو میری عادت سے واقف ہے کہ میں جھوٹ نہیں بولا کرتا۔ میں سچ کہتا ہوں کہ آج چھ بجے

میں مر جاؤنگا۔

ڈاکٹر:- ارے میاں ایسی جلدی کا ہے کی ہے۔ ذرا ٹھہر جاؤ۔ دو چار دن بعد ہی مرجانا۔

مریض:- تم جانتے نہیں۔ رات کو میرے پاس حضرت جبرئیل آئے تھے وہ یہ خوشخبری لائے تھے کہ حق تعالیٰ جل شانہٗ بہت دنوں سے آپ کے وصال کا متمنی ہے اور اب اُس سے ہجر کے صدمے نہیں اُٹھائے جاتے اور سنو اُن کے جانے کے بعد میرا وصال ہوگیا۔ راتوں رات میرے سارے مریدوں کو خبر ہوگئی۔ صبح سویرے ہی میرے گھر میں ہزاروں مرید جمع ہوگئے۔ اب مشکل یہ ہوئی کہ کفن یہاں ملتا نہیں۔ چھوٹی سی بستی ہے۔ خیر نگر چودہ میل ہے۔ تم تو جانتے ہی ہو وہاں تک کچی یا پکی سڑک تو ہے نہیں فقط ٹرالی جاتی ہے۔ خیر دو چار آدمی وہاں گئے اور کفن لے آئے۔ اور درزی کو بھی ساتھ لیتے آئے۔ خیر صاحب وہ کفن سلا اور ہمیں اُس میں لپیٹا۔ مگر وہ ذرا چھوٹا رہا۔ یعنی پاؤں ڈھکے تو سر کھلا رہ گیا اور سر ڈھکا تو پاؤں کھلے رہ گئے۔ اب سب نے کہا کہ بھئی اب کیا کریں۔ اب اگر ٹرالی پر گئے تو کل تک آئیں گے۔ اتنی دیر میں لاش سڑ جائے گی۔ ایک آدمی نے کہا کہ ہمارے حضرت ولی اللہ تھے۔ دُور دُور تک ان کا شہرہ تھا۔ لاکھوں اِن کے مرید ہیں ان کا منہ کھُلا رکھنا چاہیئے تاکہ خلقت آپ کی زیارت سے مشرف ہو۔ سب کو یہ صلاح پسند

آئی چنانچہ ہمارا منہ کھلا رہا اور ہم منہ کفن سے باہر نکالے چار کے کندھے پر سوار چلے۔ اب ایک اور مصیبت آئی۔ لاکھوں آدمی جنازے کے ساتھ تھے اور جو آتا تھا ہماری ڈاڑھی کا ایک بال تبرک کے طور پر رکھ لیتا تھا۔ ہم دل تو تھو ہی یہ سب کچھ دیکھ رہے تھے اور خلقت کا یہ ہجوم دیکھ دیکھ کر خوش ہو رہے تھے۔ مگر ڈاڑھی کو لوگوں کے بے رحم ہاتھوں سے نہ بچا سکے۔ نتیجہ یہ ہوا کہ تھوڑی دیر میں ہماری ڈاڑھی صفاچٹ ہوگئی۔ جیسے کسی نے اُسترے سے مونڈ دی۔ اب لوگوں نے کہا کہ بھئی ایسے ولی اللہ کا اللہ کے دربار میں بغیر ڈاڑھی کے جانا مناسب نہیں ہے۔ اب کیا کرنا چاہیئے۔ ہمارے جنازے کو ایک جوہڑ کے کنارے رکھ دیا اور سب بیٹھ کر مشورہ کرنے لگے کہ اب کیا کیا جائے۔ کسی نے کہا بھُٹے کے بال لگا دو۔ کسی نے کہا چوری (جس سے مکھیاں اُڑاتے ہیں) کی ڈنڈی اِنہیں لگا دو۔ مگر کسی بات پر فیصلہ نہ ہوا۔ آخر یہ قرار پایا کہ جنازے کو گھر واپس لے چلو اور اِن کی بیوی سے پوچھو وہی کچھ ترکیب بتائیں گی۔ تو بھی ہم پھر گھر میں گئے۔ بیوی نے جو یہ ماجرا سُنا تو کہا گھبرانے کی کوئی بات نہیں ہے تم ذرا ٹھیرو۔ میں ابھی آئی۔ اندر گئیں اور جھٹ ایک قینچی لے آئیں اور لپک کر اپنی چوٹی جڑ سے کتر لی اور جناب خوب گاڑھا گاڑھا سریش لے کر وہ چوٹی ہماری ٹھوڑی میں چپکا دی۔ اب ہم پھر چلے۔ اِدھر تو ہمیں قبر میں اُتار کر مٹی دی دیگر لوگ کھسکے اور اُدھر منکر نکیر آن موجود ہوئے ہمارا منہ کھلا ہوا تھا اور ڈاڑھی ہماری چھاتی پر پڑی ہوئی بل کھا رہی تھی۔ آتے

ہی اُن کی نظر ڈاڑھی پر پڑی۔ بڑے بھانپ گئے کہ یہ کس قسم کا آدمی ہے جس کی ایسی بلدار ڈاڑھی ہے' اور سچی بات ہے کہ وہ ڈر سے بھی۔ دونوں تھر تھر کانپنے لگے۔ ایکدوسرے سے کہتا تھا کہ تو سوال کر اور پیچھے کھسکا جاتا تھا۔ اب یہاں جو لگی دیر تو حضرت جبرئیل آئے اور آن سے کہا' یہ تم دونوں کھڑے کیا کھُسر پُھسر کر رہے ہو؟ انہوں نے کہا کہ سوال و جواب کرنے کی ہمت نہیں پڑتی۔ ڈر لگتا ہے۔ انہوں نے جواب دیا کہ یہ اللہ کو خاص الخاص بندے ہیں' اِن سے کچھ پوچھنے پچھنے کی ضرورت نہیں۔ چنانچہ ہمیں بڑے ادب اور تعظیم کے ساتھ حق سبحانہٗ کے دربار میں لے گئے۔ وہاں ہم اللہ کے حکم سے کھڑے ہو گئے اور جناب باری تعالیٰ نے فرمایا کہ ای میرے خاص الخاص بندے آ۔ ہم تیرے لئے بہت دنوں سے بیقرار تھے۔

اتنا کہہ کر مریض بیہوش ہو گیا۔ بیوی اتنی دیر میں کئی دفعہ بولنے کو ہوئیں مگر ڈاکٹر صاحب نے ہاتھ کے اشارے سے منع کر دیا۔ اب ڈاکٹر صاحب نے ایک دوا مریض کے حلق میں ڈالی اور اُن کی بیوی سے کہا کہ اب انہیں سونے دو۔ حیران نہ کرنا صبح کو انشاء اللہ اچھے ہو جائیں گے۔

اِن باتوں کو مہینوں گذر گئے مگر اب تک ڈاکٹر صاحب انجنیر صاحب کو چھیڑا کرتے ہیں کہ حق تعالیٰ جل شانہٗ کا وصال یاد ہے' اور دیکھنا وہ تمہاری بیوی کے بال نکل آئے یا ابھی تک پر ترچنچ ہی ہیں۔

ہماری عید

"دیکھنا سنتے بھی ہو یا رذنی بھرلی کان میں۔ کتنی دفعہ کہا ہے۔ مگر آج جنے (جانے) تمہیں ہو کیا گیا ہے صبح سے جو کاغذوں پر پلے ہیں تو سر اُٹھانے کا نام ہی نہیں لیتے۔"

بھئی بعض دفعہ کی بات بھی "کہ آگ لینے کو جائیں پیمبری مل جائے ہو جاتی ہے۔ اب دیکھئے نا ہمیں شام کو ایک مشاعرے میں جانا تھا۔ یوں تو بیچارے دفتر والوں کو فرصت کا ہے کو ملتی ہے۔ صبح سے شام تک کولہو کے بیل بنے رہتے ہیں۔ سوچا تھا کل چھٹی ہے صبح ہی صبح کاغذ پنسل لیکر بیٹھ جائیں گے۔ کچھ نہ کچھ دال دلیا ہو ہی جائے گا۔ چنانچہ اب لیکر بیٹھے تھے کہ دو چار شعر لکھ ڈالیں مگر مطلع ہی اٹک کر رہ گیا۔ ایک مصرعہ تو ہوا۔ ع

آج لکھتے ہیں قصیدہ ہم تمہاری شان میں

پھر بہتیرا دماغ پر زور ڈال رہے تھے۔ بیس پچیس منٹ ہو گئے۔ جھک مارتے مگر دوسرا مصرعہ نہ جڑا۔ آب آپ ہی فرمایئے۔ اسے ندائے غیبی نہ سمجھیں تو کیا سمجھیں کہ ہاتف نے ہماری بیگم کی زبانی دوسرا مصرعہ ہمارے پاس

بھیجدیا لیجیے مطلع ہوگیا۔ ۔

آج لکھتے ہیں قصیدہ ہم تمہاری شان میں
دیکھنا' سننے بھی ہو' یا روئی بھر لی کان میں

ہم نے اُچھل کر کہا بیگم! واللہ نہ ہوئیں تم بادشاہی زمانے میں خدا کی قسم تمہارا منہ موتیوں سے بھر دیا جاتا۔ بھئی واہ کیا مصرعہ عنایت فرمایا ہے آپ نے مزہ آگیا۔

بیگم:۔ یا الٰہی خیر! یہ آج تمہیں ہو کیا گیا ہے۔ رات کو تو بھلے چنگے سوئے تھے

ہم:۔ بیگم ہوا ہوا یا کچھ نہیں۔ بس اب دو منٹ میں پوری کئے لیتا ہوں۔ مطلع کی دیر تھی۔ اب کیا ہے چٹکی بجاتے میں پندرہ شعر لو۔

بیگم:۔ آج تو بڑی اُول جلول باتیں کر رہے ہو۔ میں کہتی ہوں پرسوں عید ہے کچھ کرنے گا بھی یا نہیں۔ چھ دن سے برابر کہہ رہی ہوں' اور تم ہو کہ روز آج کل آج کل کئے جاتے ہو۔

ہم:۔ بیگم گھبراؤ نہیں۔ کل انشاء اللہ تمہارے سارے کام ہو جائینگے۔

بیگم:۔ اور وہ سویاں کب آئیں گی؟

ہم:۔ وہ بھی کل ہی آجائیں گی۔

بیگم:۔ اور وہ چنّو کا سوئیٹر تو آیا ہی نہیں۔ اس کی ٹوپی بھی میلی چیکٹ ہوگئی ہے وہی پہنے پہنے پھر رہا ہے۔ اب کیا عید کو بھی وہی اوڑھے گا؟ کے دن سے

کہہ رہی ہوں تمہارے کان پر جوں بھی رینگتی ہے؟ صبح کو کہتی ہوں تو کہہ دیتے ہو دفتر سے آؤں تو یاد دلانا۔ شام کو کہتی ہوں تو کہتے ہو اب تو تھک گیا ہوں صبح کو یاد دلانا۔ غرض یونہی ٹالے بالے میں یہ دن آ گیا۔ اور ایک ٹوپی کیا تمہارے تو سارے کام ایسے ہی خوبی بھرے ہوتے ہیں۔ وہ یاد ہے یا نہیں پچھلی بقرعید کو کیسی مہندی لا کے دی تھی۔ موئی ہلدی کہ ہاتھ پاؤں سب زرد ہو کے رہ گئے۔ نہ جانے کس کم بخت کے ہاں سے اُٹھا لائے تھے موئے نے زرد مٹی دیدی۔

ہم:۔ بیگم! تم تو یونہی خواہ مخواہ اُلجھ کر رہ جاتی ہو۔ کوئی بات نہ چیت۔ ذرا سا بھی کوئی کسی قسم کا ذکر ہوا اور تم نے جھگڑ چلا دیا۔

بیگم:۔ لو اور سنو! اُلجھتے تم ہو یا میں؟ میں نے تو ایک سیدھی سی بات کہی تھی۔ تم کہو تو منہ میں قفل ڈال لوں؟

ہم:۔ قفل کیوں ڈالو۔ کنجی کہیں کھو گئی تو یہ منا منا خوبصورت سا منہ تڑوانا پڑیگا۔ اچھا سنو! جو کچھ منگوانا ہے وہ مجھے لکھوا دو۔ تمہارے سارے کام کل شام تک نہ ہو جائیں جبھی کہنا۔

بیگم:۔ پھر وہی کل شام! ارے میں کہتی ہوں آج دن بھر تمہیں کیا بان بٹنے ہیں؟ چھٹی بھی ہے جو دل پر رکھو تو سارے کام یوں چٹکی بجاتے میں ہوتے ہیں۔

ہم:۔ دیکھو بیگم! آج تو ہمیں غزل کہہ لینے دو۔ شام ہی کو تو مشاعرے میں جانا ہے۔ طرح کی غزل اگر ہمارے پاس نہ ہوئی تو لوگ پھبتیاں اُڑائینگے آوازے کسیں گے کہ اوروں سے لکھوا کر لاتے تھے۔ آج کسی نے لکھکر نہیں دی تو کورے چلے آئے۔ خاصی طرح مطلع ہو گیا تھا۔ تم نے دماغ کا ستیاناس کر دیا۔ اب گھنٹہ بھر تک زور ڈالیں گے تو کہیں جا کر دماغ حاضر ہوگا

بیگم:۔ چولہے میں جائے تمہارا مطلع اور بھاڑ میں جائے تمہاری غزل۔ میں پوچھتی ہوں آخر تمہیں اِس دماغ سوزی سے مل کیا جاتا ہے۔ کبھی تو بُت بنے بیٹھے ہیں، کبھی آپ ہی آپ جھوم رہے ہیں۔ کبھی گنگنا رہے ہیں۔ سچ کہتی ہوں اچھے خاصے پاگل معلوم ہوتے ہو پاگل۔

ہم:۔ ارے تم کیا جانو! شاعر کو ایک شعر کی بھی داد مل گئی تو سمجھو ساری محنت وصول ہو گئی۔ اب تمہیں کیا بتاؤں بیگم کہ داد میں کیا مزا ملتا ہے۔ سچ کہتا ہوں پیٹ بھر کر زردہ بریانی کھانے سے اتنا جی خوش نہیں ہوتا جتنا ایک شعر کی داد ملنے سے ہوتا ہے۔

بیگم:۔ چاہے گھر اوندھا پڑا رہے۔ مگر تمہیں داد مل جائے۔ داد آئی ہے کہیں کی۔

ہم:۔ بیگم! باتیں تو ہم تم سے کر رہے ہیں مگر ہمارا دماغ مصروف ہے شاعری ہی

میں۔ لو سنو ایک شعر اور ہوگیا۔

آنکھ بھینگی، تنگ پیشانی، بڑی موٹی سی ناک
خوبیاں اتنی تو ہونی چاہئیں انسان میں

بیگم:۔ (ہنس کر) واہ کیا قصیدہ لکھ رہے ہیں۔ شرم تو نہیں آتی۔

ہم:۔ ہمیں شرم کا ہے کی جس کی شان میں قصیدہ لکھ رہے ہیں اُسے آئے تو آئے۔

بیگم:۔ کیوں فضول وقت ضائع کر رہے ہو (ہاتھ سے کاغذ چھین کر) جاؤ بازار ہو آؤ۔ دیکھنا سچ کہتی ہوں۔ دو ہی دن تو رہ گئے ہیں۔ اے لو پرسوں تو عید ہے ہی۔ آج کی تمہیں چھٹی بھی ہے۔ سب کام ہو جائیں گے۔ کل پھر دفتر کا بہانہ ہوگا۔ لو اُٹھو چلو۔

ہم:۔ اچھی بیگم! اِس وقت طبیعت ذرا حاضر ہے۔ مجھے غزل پوری کر لینے دو لو ایک اور ہوگیا۔ سنو۔

آئینے میں خود ذرا اپنی مبارک دیکھئے
فرق کیا اِس ناک میں اور اونٹ کے کوہان میں

"تم جانو تمہارا کام۔ جانتے ہیں کوئی کُتیا بھونک رہی ہے۔" کہتی ہوئی بیگم تو اُدھر گئیں اِدھر ہم نے خوب اطمینان سے غزل پوری کی۔ اس کے بعد پہلے تو منت خوشامد کر کے اپنی بیگم کو منایا۔ پھر انہیں اپنا یہ تازہ ترین غزل سنائی

بہت ہنسیں. لوٹ پوٹ ہو گئیں. پھر کہنے لگیں۔

بیگم :۔ اب خوب داد ملے گی؟

ہم :۔ اجی چار چار دفعہ ایک ایک شعر پڑھوائینگے۔

بیگم :۔ اور میں بھی تو سنوں یہ ہوتا کیا ہے تمہارا مشاعرہ؟

ہم :۔ بیگم تم تو کنوئیں کی مینڈکی ہو۔ کچھ جانتی ہی نہیں۔ اچھا سنو۔ بڑے بڑے آل انڈیا مشاعروں میں تو شامیانے لگتے ہیں' دریوں چاندنیوں کا فرش ہوتا ہے' لاؤڈ سپیکر لگتے ہیں۔ اور یوں معمولی مشاعرے بھی کسی بڑے مکان میں ہوتے ہیں۔ بہرحال دونوں طرح کے مشاعروں میں سامعین کے لئے جو جگہ ہوتی ہے اُس سے کسی قدر اُونچی جگہ شاعروں کے لئے ہوتی ہے۔ ایک ہوتے ہیں "جناب صدر" یہ دو قسم کے ہوتے ہیں۔ ایک صدرِ ناطق' دوسرے صدرِ خاموش۔ یعنی کہیں ایسے ہوتے ہیں کہیں ویسے۔ صدر ناطق وہ ہوتے ہیں جو شاعر کے کلام شروع کرنے سے پہلے اُس کے متعلق کچھ کہتے ہیں۔ یعنی تعارف کراتے ہیں۔ پھر اُس کے اشعار کی خود تعریف کرتے ہیں اور پبلک سے گویا داد دلواتے ہیں جب وہ شاعر پڑھ چکتا ہے تو اُس کے کلام پر تھوڑا سا تبصرہ بھی کرتے ہیں۔ یہ تو ہوئے صدرِ ناطق۔ اب رہے صدرِ خاموش تو اُن کی کچھ نہ پوچھئے۔ ایسے بیٹھے ہیں جیسے مجسمہ ~

جناب آج بے طرح گُم سم بنے ہیں
نہ ہوں ہاں کریں اور نہ کچھ بولیں چالیں

اچھا بعض شاعر تمیز دار ہوتے ہیں۔ آداب مشاعرہ کو ملحوظ رکھتے ہیں۔ وقت سے پہلے آتے ہیں۔ مشاعرہ ختم ہونے کے بعد جاتے ہیں۔ اپنا کلام سُناتے ہیں، دوسروں کا سُنتے ہیں چاہے اچھا ہو یا بُرا۔ مناسب موقعہ پر داد دیتے ہیں، جب اُن کا نام لیکر صدر صاحب بُلاتے ہیں تو اُن کے پاس جاکر انہیں سلام کرتے ہیں، پھر اجازت طلب کرکے پڑھنا شروع کرتے ہیں۔ یہ تو ہوئے ضابطہ کے شاعر بعض ایسے بھی ہوتے ہیں جو سمجھتے ہیں کہ جتنی دیر میں جلیں گے پبلک ہمارا انتظار کرے گی، ہمیں چاروں طرف تلاش کرے گی۔ چنانچہ یہ لوگ بارہ بجے پہنچے، جلدی کرکے پڑھنے کے لئے بلائے گئے نہ سلام، نہ علیک، جاتے ہی دَن سے غزل داغ دی۔ خوب داد ملی اور پڑھتے ہی کھسک گئے۔ گویا تمام حاضرین کے سر پر احسان کا ٹوکرا دھر گئے۔

بیگم:۔ یہ تو بڑی بُری بات ہے۔ خود غرضی ہے کہ اپنا کلام سُنایا اور دوسروں کا نہ سُنا۔ ایسے کیا بہت ہی بڑے شاعر ہوتے ہیں؟

ہم:۔ بہت ہی بڑے تو کیا خاک ہوتے ہیں۔ ہاں سمجھتے ضرور ہیں کہ ہم چو من

دیگرے نیست

بیگم :۔ اور مشاعروں میں سُنا ہے گانا بھی تو ہوتا ہے؟

ہم :۔ ہاں ہوتا ہے۔ بعض شاعر ترنم سے پڑھتے ہیں جسے تھوڑا سا گاتا کہتے ہیں بعض خاصے قوّال اور گویّوں کی طرح باقاعدہ تال سُر سے گاتے ہیں اور تانیں لیتے ہیں۔ بعض نرت بھی کرتے ہیں۔

بیگم :۔ پھر اُنہیں تو خوب داد ملتی ہوگی؟

ہم :۔ کیا کہنے ہیں۔ شاعری کے عیوب گانے سے ڈھک جاتے ہیں۔ خاصے شعر بہت اچھے بن جاتے ہیں۔

بیگم :۔ اور وہ آپ کی دل پسند داد ملتی کیونکر ہے؟

ہم :۔ بس کچھ نہ پوچھو بیگم! ایسے مزے سے ملتی ہے کہ داد کی داد دینے کو جی چاہتا ہے۔ کوئی صاحب بیٹھے بیٹھے کچھ اِس طرح چیخ کر "واہ" کہتے ہیں کہ برابر والا اُچھل پڑتا ہے کہ اللہ خیر کرے کہیں ان کے بچھّو نے تو نہیں کاٹ لیا۔ ایک صاحب بڑے میٹھے میٹھے سُروں میں فرماتے ہیں "کیا کہنے ہیں کیا کہنے ہیں"۔ ایک صاحب بزرگانہ شفقت سے فرماتے ہیں "میاں جیتے رہو۔ جیتے رہو۔ کیا شعر پڑھا ہے"۔ ایک صاحب اپنی ران پر زور سے ہاتھ مار کر فرماتے ہیں "ہائے اکیا کہدیا ہئی ہئی"۔

بیگم :۔ تو یوں کہو مشاعرہ بڑی بہار کی چیز ہوتی ہے۔

ہم :۔ اور کیا۔ تم سے کئی دفعہ کہا۔ تم چلتی ہی نہیں۔ ایک دفعہ چل کے دیکھو تو۔

بیگم :۔ مجھے تو معاف ہی رکھئے میں نہیں جاتی۔ سُنا ہے بعض شاعر واہیات باتیں بھی بکتے ہیں؟

ہم :۔ ہر جگہ ایسا نہیں ہوتا۔ اور جو کہیں کسی جگہ کوئی شاعر ایسا ویسا شعر پڑھ بھی دیتا ہے تو اُسے روک دیا جاتا ہے۔

بیگم :۔ شعر کہہ دینے کے بعد روکا تو کیا روکا۔ سُننے والے تو سُن ہی لیتے ہیں۔

ہم :۔ ہاں! اب کیا کیا جائے۔ پہلے سے منع کر دیا جاتا ہے مگر پڑھنے والے نہ مانیں تو انہیں ہاتھ پکڑ کر نکال باہر کرنے سے تو رہے۔

بیگم :۔ اچھا۔ اب تو تمہاری غزل پوری ہو گئی۔ اب تو بازار ہو آؤ۔

ہم :۔ آ گئیں نہ ہم پر۔ اچھا لکھواؤ کیا کیا منگوا رہی ہو؟

بیگم :۔ سویاں لا کر دو۔ چنّو کا سوئیٹر اور ترکی ٹوپی۔ منّی کی کنٹوپ۔ بچّوں کی اور میری جرابیں۔ اور صاحب خدا آپ کا بھلا کرے وہ اُدلو۔

ہم :۔ اُدلو کس جانور کا نام ہے؟

بیگم :۔ وہ تم نے دیسی عطر بقر عید پر لا کر دیا تھا نا؟

ہم :۔ دیسی عطر! ارے عطر دیسی ہی ہوتے ہیں۔ ولایتی عطر کون سے ہوتے ہیں؟

بیگم :۔ وہ آنو گلستاں بوستاں کیا بلا تھی جو تم بقرعید پر لائے تھے؟

ہم :۔ اچھا! وہ گلستاں کی شیشی جو لایا تھا جس میں شیشے کی سلائی لگی ہوئی تھی۔

بیگم :۔ ہاں۔ ہاں۔ وہی۔ بڑا اچھا عطر تھا۔ اور وہ صاحب رات کی رانی!

ہم :۔ رات کی رانی اور دن کا براجہ۔ یہ کیا کہہ رہی ہو؟

بیگم :۔ آپ کو تو ان غزلوں نے کہیں کا نہ رکھا۔ کچھ جانتے ہی نہیں۔ اے لو وہ پرسوں ہی تو عزیز دلہن آئی تھیں۔ بس یہ معلوم ہوتا تھا کہ جیسے گلاب گندی کی دکان ساتھ لے آئی ہیں۔ اُن سے معلوم ہوا کہ رات کی رانی لگائے ہوئے ہیں بڑی اچھی خوشبو کا عطر ہے۔

ہم :۔ دیکھو بیگم! ہماری بیوی ہو کر ایسی اُردو نہ بولا کرو۔ اچھی خوشبو کیا ہوتی ہے؟

بیگم :۔ سچ کہتی ہوں۔ بڑی اچھی خوشبو تھی۔

ہم :۔ پھر وہی۔ ارے خوشبو کے معنی ہی اچھی بُو کے ہیں۔ خوشبو کہو یا اچھی بُو۔

بیگم :۔ بُو تو بد بُو کو کہتے ہیں۔ بد بُو بھی کہیں اچھی ہو سکتی ہے؟

ہم :۔ خیر۔ کہہ تو دیا اب "اچھی خوشبو" نہ کہنا۔ تو یہ "رات کی رانی" ایک طرح کا عطر ہوتا ہے؟ اچھا آگے چلو۔

بیگم: تین عید کارڈ اور .... اور .... میرے لئے جو تمہارا جی چاہے

خیر صاحب۔ ہم بیگم کی بتائی ہوئی ساری چیزیں لے آئے اور اپنی بیگم کے لئے خاص طور پر کچھ چیزیں اپنی طرف سے بھی لائے۔ بیگم نے کسی پر ناک چڑھائی، کسی پر بھوں۔ کسی میں خرابی بتائی کسی میں وہ۔ خیر یہ تو کوئی نئی بات نہیں۔ روز ہی ہوتا رہتا ہے۔ مگر مصیبت تو یہ ہوئی کہ عید والے دن صبح کو ہم عید گاہ جا رہے تھے کہ بیگم نے سر ہو کر منت خوشامد کر کے چنّو کو ساتھ کر دیا جو چار برس کا ہے اور اسی پر بس نہیں کی ننھی کو بھی ہماری گود میں زبردستی ٹھونس دیا جو سوا برس کی ہے۔ چنّو کی انگلی پکڑے ننھی کو گود میں لادے ہم حقیقی معنوں میں مزدور بنے عید گاہ پہنچے۔ فقط اتنا تو قصور ہم سے ہوا کہ ایک دو منٹ کے لئے اپنی جگہ چھوڑ کر اپنے سے آگے کی پچھلی صف میں گئے کہ تعویذ ایک صاحب بیچ رہے تھے وہ لے آئیں۔ چنّو سے تاکید کر دی تھی کہ میّا یہیں بیٹھا رہیو ابھی آتا ہوں۔ بچی کو گود میں سے لئے گئے تھے آن کر جو دیکھتے ہیں تو چنّو صاحب غائب ہیں۔ معلوم ہوا کہ وہ بھی ہمارے پیچھے پیچھے گیا تھا نہ معلوم کدھر چلا گیا۔ اب بھلا بتائیے ہزاروں آدمیوں میں کہاں ڈھونڈیں اور کیونکر تلاش کریں۔ بچی ہے کہ تسمہ پا کی طرح چمٹی ہوئی ہے ایک منٹ کو الگ نہیں ہوتی۔ سخت مصیبت اور کوفت تھی۔ بارے سامنے والے منبر پر سے آواز آئی

"کسی کا بچہ کھو گیا ہو تو لے لو"۔ اب جو دیکھتے ہیں تو ہمارے چنو میاں ہوا میں اُدھر ہیں ایک شخص اُن کی بغلوں میں ہاتھ دیئے سر سے اوپر اُٹھائے ہوئے ہے۔ خیر وہاں سے جا کر انہیں لائے۔ اپنی جگہ آئے ہی تھے کہ اِدھر تو آواز لگی "صفیں سیدھی کرو" اور اُدھر ہماری ننھی صاحبہ محترمہ نے ٹھنک کر فرمایا "ابا جی"۔ جلدی سے اُسے لیکر چلے اور اس خیال سے کہ کہیں کر نہ دے تو سارے کپڑے ہی خراب ہو جائیں گے۔ ایک ہاتھ سے اس غریب کے کولھے بھینچے ہوئے تھے۔ ہمارے چنو میاں کو الگ ایک ہاتھ کی ضرورت تھی۔ وہ بغیر انگلی تھامے چلتے ہی نہ تھے۔ مجبوراً اُس سے کہا کہ بیٹا ہماری اچکن کا دامن پکڑ لو۔ دیکھو چھوڑنا مت نہیں تو پھر کھو جاؤ گے۔ غرض بہ ایں ہیئت کذائی ہم جو چلے تو لوگوں کو ہماری وجہ سے تکلیف ہوئی۔ جو ذرا بزرگ و سنجیدہ تھے انہوں نے تو بس اتنا ہی کہا کہ "میاں چھوٹے بچوں کو عیدگاہ میں نہ لانا چاہیے۔ اپنے آپ کو بھی تکلیف ہوتی ہے اور دوسروں کو بھی"۔ مگر آزاد منش لوگوں نے آوازے کسنے شروع کر دیئے۔ "میاں لائے کیوں تھے"۔ "نہ لاتے تو بیوی اماں نہ خفا ہو جاتیں"۔ "دیکھنا میاں یہ ہیں وہ بیوی کے لاڈلے"۔ وغیرہ وغیرہ۔ اُس وقت جو حالت ہمارے دل کی تھی اُس کا اندازہ وہی خوش نصیب لوگ لگا سکتے ہیں جن پر کبھی ایسی بپتا پڑ چکی ہو۔ اس ذلت و خواری میں ایک مصیبت یہ نازل ہوئی کہ ننھی جو ایکدم روئے اور کسمسائے جاتی تھی ایکدفعہ ہی زور لگا کر ٹانگیں ہمارے پیٹ میں اَڑا کر جو سیدھی ہوئی ہے تو ہمارا ہاتھ جس سے ہم اُس کے کولھے بھینچے ہوئے تھے کولھوں سے نیچے سے نکل گیا۔ بس نتیجہ آپ خود سمجھ لیجئے ایک تو سارے راستے اُن غلیظ کپڑوں میں گھر آنے بچی کو لادے ہوئے چنو کی انگلی پکڑے ہوئے اُسپر گھر آ کر بیوی صاحبہ کی فضیحتی سنی۔ بچے جھاڑ کر ہمارے ہی پیچھے پڑ گئیں۔ "تم نے ہی نے رُلایا ہو گا۔ وہ تو صبح ہی کو کر چکی تھی۔ اس کا پیٹ تو ایسا نہیں ہے۔ روتے روتے ہلکان ہو گئی ہو گی نکل گئی"۔

غرض اسی پر بات بڑھی اور نتیجہ یہ ہوا کہ بیگم الگ منہ پھلا کر پڑ گئیں اور ہم الگ بسورتے ہوئے پلنگ پر جا پڑے۔ یہ تھی ہماری عید۔

فلسفی میاں

کیا سوچ رہے ہیں آپ؟

ہم یہ سوچ رہے ہیں بیگم کہ اگر اللہ میاں زمین کو گول نہ بناتے تو اُن کی خدائی میں کیا فرق پڑجاتا۔ آخر وہ تو قادر مطلق ہیں چپٹی ہی سے کام نکال لیتے

بیگم:۔ نہیں کچھ اور بات ہے۔

ہم:۔ کچھ اور بات نہیں۔

بیگم:۔ کھائیے تو قسم۔

ہم:۔ تمہارے سرِ عزیز کی قسم۔

بیگم:۔ کیا کہنے۔ قسم کھانے کو بھی میرا ہی چونڈا نظر پڑا

ہم:۔ اللہ پاک کی وسیع مملکت میں، لامحدود سلطنت میں، تمام کائنات میں ہر چیز گول ہے، ہر ذرہ گول ہے، ہر سیارہ گول ہے، ہر ستارہ گول ہے اللہ میاں کو گولائی بہت پسند ہے۔ جب ہی تو۔ دیکھو تم اپنے آپ ہی کو۔

دیکھو۔ اچھا پاؤں سے چلو۔ دیکھو۔ انگلیوں کے ناخن گول ہیں، ٹخنہ گول گول ہے، گھٹنے کی چپنیاں گول ہیں۔ اور اوپر چلو دیکھو دونوں......

اچھا خیر جانے دو۔ اور اوپر ناف گول ہے۔ اور پیٹ ہاں پیٹ بھی گول ہے۔ اور.......... اور.......... اچھا اور اوپر چلو ٹھوڑی گول ہے، اس میں گڑھا بھی گول ہے۔ دہانہ گول ہے۔ ناک کے سوراخ دونوں کے دونوں گول ہیں۔ رخسار گلگلے سے ہیں۔ یعنی گول گول ہیں۔ وہ گڑھے بھی گول ہیں جن میں آنکھیں سکونت پذیر ہیں۔ پھر آنکھوں کے ڈیلے، پتلیاں، تل سب ہی گول ہیں اور یہ تمہارا سر جس میں خدا جانے کیا بھرا ہوا ہے، یہ بھی گول ہے۔ تو جب اللہ میاں کو گول چیزیں اسقدر پسند ہیں تو ہم اُن کے بندے تمہارے سر جیسی گول چیز کو کیوں نہ پسند کریں۔ تو پھر اگر تمہارے سر کی قسم کھالی تو کون سا گناہ کیا؟

بیگم :۔ یا اللہ تیرا شکر! ختم ہوگئی آپ کی تقریر۔ مگر بات وہیں کی وہیں رہی۔ میں پوچھتی ہوں زمین گول ہوئی تو اور چپٹی ہوئی تو آپ کو اس کے متعلق سوچنے سے کے رکعت کا ثواب مل جائے گا۔ بات بنا دیجئے۔ اصلی بات کیا ہے؟

ہم :۔ بات وات کچھ بھی نہیں، ہم ذرا اپنے سر کے متعلق سوچ رہے تھے کہ وہ بھی تو گول ہے۔ بالکل زمین کی طرح۔

بیگم :۔ ہے تو پھر کیا ہے۔ بات کیا ہے۔ آخر بتاتے کیوں نہیں۔ پہیلیاں بجھوائے

جار ہے ہیں. ایک دم.

ہم :- بتا دیں؟ بُرا تو نہ مانو گی؟

بیگم :- سچی بات ہوگی تو بُرا کبھی نہ مانوں گی.

ہم :- بیگم! مصیبت تو یہی ہے کہ سچی بات ہی سب کو بُری لگتی ہے. وہ تو تم نے بھی سُنا ہوگا کہ سچی بات آدھی لڑائی ہوتی ہے.

بیگم :- اچھا خیر. آپ کہئیے تو سہی.

ہم :- بگڑ جاؤ گی.

بیگم :- اوں ہونہہ.

ہم :- چراغ پا تو نہ ہو گی.

بیگم :- نہیں. نہیں. نہیں

ہم :- غصے کو تو نہیں بلاؤ گی؟

بیگم :- یا اللہ

ہم :- حق و انصاف کی عینک لگا کر دیکھو گی؟

بیگم :- بس سُن چکی، جاتی ہوں.

ہم :- ہائیں یہ کیا، ارے کدھر چلیں بسنو تو. ارے دیکھو. تمہیں اپنی شادی کی پہلی رات کی شرم و حیا کی قسم. ذرا ٹھہر جاؤ. آج تم سے بہت ساری باتیں کرنی ہیں.

بیگم :۔ توبہ ہے ۔ نہ جانے ہی دیتے ہیں ۔ نہ بات ہی کہہ چکتے ہیں ۔

ہم :۔ ارے کہنے کو تو ہم کبھی کے کہہ بھی چکے ہوتے ۔ بس اک ذرا تمہاری ....
تمہاری .... دیکھو لفظیہ ذرا کچھ ایسا ہی سا ہے ۔ یعنی تمہارے خیال
میں .... اچھا کوئی اور لفظ سوچتے ہیں ۔ اِس سے ذرا ہلکا سا نرم سا

بیگم :۔ کیا مصیبت میں جان آئی ہے ۔ اچھا لفظ وفظ کا آپ خیال نہ کیجئے
جو منہ میں آئے کہہ ڈالئے ۔ میں دس دفعہ کہہ چکی ہوں کہ بُرا نہ مانوں گی ۔ پھر
سمجھ میں نہیں آتا تامل کس بات کا ہے ؟

ہم :۔ بیگم ! ہم دِلی والے ہیں ٹھیٹھ دِلی والے ۔ سینکڑوں برس سے ہمارے
آباد اجداد اِسی سرزمین پاک میں بستے تھے ۔ ہم چاہے کچھ بھی ہو جائے
زبان کو نہیں بگاڑیں گے ۔ وہی لفظ بولیں گے جو جہاں مناسب ہوگا ۔
ہاں تو کِل کِل ہی ٹھیک اور صحیح لفظ ہے ۔ بس کِل کِل ہی ہم بھی کہیں گے ۔

بیگم :۔ کِل کِل ؟

ہم :۔ ہاں کِل کِل

بیگم :۔ کِل کِل کیسی ؟

ہم :۔ دیکھو غالباً تمہیں یاد ہوگا ۔ ابھی صرف ایک منٹ گذرا ہم کہہ رہے تھے کہ
" ارے کہنے کو تو ہم کبھی کے کہہ چکے ہوتے ۔ بس اِک ذرا تمہاری " بس یہاں
لفظ کِل کِل ہی آسکتا ہے ۔ اور ایک بہت بڑے شاعر نے بھی اپنی تم ہی جیسی

تعلیمیافتہ بیوی کے متعلق یہی لفظ استعمال کیا ہے ؎

گریجویٹ بیوی سے ہمارا ناک میں دم تھا
اِدہر ہم نے زباں کھولی اُدہر میڈم نے کِل کِل کی

ہم چیلنج دیتے ہیں اُن تمام بہت بڑے بڑے ادیبوں کو جن کے نام کا آج ڈنکا بج رہا ہے.......! اور سچ پوچھو تو یہ بھی غلط ہے ڈنکا آج کل کہاں رکھا ہے. وہ تو بادشاہی زمانے کی چیز تھی بادشاہت کے ساتھ رخصت ہوگئی. اب تو اس کی مُردہ سی نشانی یہ رمضان شریف کے ڈھونسے رہ گئے ہیں. گیلے سیلے ڈھبڑ ڈھبڑ کرتے ہوئے. ہاں اب تو ڈھول ہیں ڈھول. تو صحیح اردو یہ ہوئی کہ ہم چیلنج دیتے ہیں اُن تمام بہت بڑے بڑے اور چوٹی کے ادیبوں کو جن کے نام کا آج ڈھول پٹ رہا ہے کہ ذرا میدان میں آئیں. عقل کے گھوڑے دوڑائیں اور پسینے پسینے ہو جانے کے بعد بھی کوئی لفظ کِل کِل سے اچھا ڈھونڈ کر اس جگہ بٹھا دیں تو ہم آج اِسی دَم اُن کے شاگرد ہونے کو تیار ہیں. چاہے جیسی قسم لے لو.

بیگم: (گھبرا کر دونوں ہاتھ جوڑ کر) بس خدا کے لئے معاف کرو بابا میں باز آئی تمہاری.......

ہم: ارے یہ کیا غضب کیا بھاگوان. نکاح ہی توڑ ڈالا. میں تمہارا بابا ہوں؟ باہا... ارے مجھے باپ بنا ڈالا.

بیگم:۔ لاحول ولاقوۃ۔ توبہ توبہ۔
ہم:۔ مارو کلّوں پر تھپڑ
بیگم:۔ آپ کے؟
ہم:۔ جی نہیں اپنے۔
بیگم:۔ رہو لے ہو لے کلّوں پر تھپڑ مارکر، توبہ توبہ۔ اچھا دیکھیئے مجھے کھانے کی خبر لینی ہے۔ آج کم بخت ماما بھی غوطہ لگا گئی۔ آپ کی تو آج چھٹی ہے مجھے جانے دیجیئے سب کام پٹ پڑے ہیں۔ یا جو کچھ کہنا ہو مختصر الفاظ میں کہہ دیجئے بس۔
ہم:۔ اچھا تو ذرا تیار رہو جاؤ ناچنے کے لئے۔
بیگم:۔ کیا مطلب؟
ہم:۔ وہی سچّی بات جس کے سُنتے ہی تم کِل کِل کرنے لگوگی۔ ناچنا شروع کردوگی۔
بیگم:۔ یہ بھی کوئی چڑ مقرر کی ہے آپ نے؟
ہم:۔ چڑ وڑ تو ہم جانتے نہیں۔ اچھّا سنو! ہم اِس وقت بیٹھے یہ سوچ رہے تھے کہ جس طرح زمین گول ہے اُسی طرح ہمارا سر بھی گول ہے۔ جس طرح زمین پر سفر کرنے والے جہاں سے چلتے ہیں پھر پھر کر وہیں آجاتے ہیں اُسی طرح تمہاری ہر بات کا مرکز ہمارا سر ہی ہوتا ہے۔ تمہاری ہر تان ہمارے

سر پر ہی ٹوٹتی ہے۔ ہر بات کو کھینچ تان کر ہمارے ہی سر پر دے مارتی ہو پرسوں اچھن موزے لایا تو تم نے کہا کہ ہاں یہ ہیں موزے۔ دیکھو کیسے اچھے ہیں۔ بالکل اُونی معلوم ہوتے ہیں اُونی، اور ایک آپ لائے تھے موٹے کھدر کے پہنو تو معلوم ہو کہ پاؤں بھوبل میں رکھدیا اور پھر لاکھ سر پٹکو کیا مجال جو پھیر کے آئیں، اور کل تم اپنی سہیلی رابعہ سے کہہ رہی تھیں...... میں چھوٹے کمرے میں بیٹھا سب کچھ سُن رہا تھا..... کہ دیکھنا بُوا میری بہن کا بچہ چھامن کیسی اچھی ململ لایا ہے۔ باریک ہلکی پھول اذرلو دیکھو یہ تمہارے بھائی جان نے لاکر دی تھی۔ موٹی جھونا۔ آج ابھی تھوڑی دیر ہوئی رمضانی چنے لایا تھا تو تم نے کہا تھا یا نہیں کہ کیسے گرم گرم اور زرد کھلے ہوئے چنے لایا ہے۔ ایک آپ لاتے ہیں کالے کالے جن میں برابر کی ٹھڈیاں ملی ہوئی ہوتی ہیں۔

بیگم:۔ مجھے آپ سے اللہ واسطے کا بیر بھی تو ہے۔

ہم:۔ بیر وَیر تو ہم جانتے نہیں۔ یہ بتاؤ جو کچھ ہم نے کہا ہے اِس میں کچھ جھوٹ بھی ہے۔

بیگم:۔ جھوٹ سچ تو میں جانتی نہیں۔ پر اتنا جانتی ہوں کہ آپ کو میری ہر بات زہر لگتی ہے۔ میں تو منہ میں قفل ڈال کے بھی بیٹھ جاؤں مگر گھر اوندھا ہو جائیگا اس لئے بولنا ہی پڑتا ہے۔ نوج کوئی اس طرح ذرا ذرا سی بات کو پکڑے

دُنیا میں آخر سب ہی کے گھروں میں بیویاں ہیں۔ سب ہی کچھ اپنے اپنے میاؤں کو کہہ لیتی ہیں آپ جیسا فلسفی نوج کوئی ہو۔ منہ سے بات نکالنی دشوار ہے۔

ہم :۔ دیکھو بگڑنے لگیں نہ۔ اسی لئے تو ہم کچھ کہتے نہ تھے

بیگم :۔ نہیں میں کئی کئی دن سے دیکھ رہی ہوں کہ آپ ہر وقت جلی کٹی سُناتے رہتے ہیں۔ سُنتے سُنتے کان پک گئے اور آج تو کچھ ایسے کپڑوں میں لپیٹ کر بات شروع کی ہے کہ میرے فرشتوں کو بھی گمان نہ تھا کہ مقطع کا بند مجھ نگوڑ ماری پر ٹوٹے گا۔

یہ کہہ کر بیوی رونے لگتی ہیں۔ یہیں کوئی صاحب دروازے پر کھڑے آوازیں دے رہے ہیں۔

اے لیجئے ہم تو چلے!

خانصاحب کی قربانی

عنوان سے یہ نہ سمجھ لیجئے گا کہ خانصاحب کو کسی نے حلال کردیا. بات یہ ہے کہ میں اِس مضمون میں یہ دکھانا چاہتا ہوں کہ ہمارے خانصاحب نے بکرے کی قربانی کیونکر کی اور کس طرح کی سُنیئے. مگر ہاں پہلے یہ تو بتا دوں کہ یہ خانصاحب ہیں کون بزرگوار؟ اچھا تو سب سے پہلے آپ اِن کا حُلیہ ملاحظہ فرمائیے:۔

دُبلے پتلے منحنی سے آدمی ہیں. ہلکے پُھلکے. بس یوں سمجھیے کہ آدمی کا خلاصہ ہیں. جس طرح مکان کی تعمیر ختم ہونے پر مالک مکان بچے کُھچے تختوں اور چھپٹیوں سے کوئی چھوٹی سی چوکی یا پٹری یا پٹرے بنوالیتا ہے بس یوں ہی سمجھ لیجیے کہ ہمارے خاں صاحب بھی بن گئے. آپ اُنہیں چلتے ہوئے دیکھیں تو یہ معلوم ہو کہ ہَوا میں اُڑ رہے ہیں. پاؤں میں لنگ تو نہیں ہے مگر دُور سے دیکھو تو معلوم ہوتا ہے ایک طرف ذرا سی جھونک کھا رہے ہیں. جیسے گُڈی کنّی کھاتی ہو. چھوٹا سا سر، اُس پر سُرخ چُگی اور لمبی داڑھی. چڑھی ہوئی مونچھیں، تنگ پیشانی، چھوٹی چھوٹی آنکھیں لمبی ناک آگے سے جُھکی ہوئی جیسے طوطے کی چونچ، چھوٹے سے منہ پر بڑا سا

دہانہ، اور رنگ ؟ آبنوس سے ذرا کھُلتا ہوا۔ خیر آپ سانولا کہہ لیجیے۔ ہاں قد تو رہ ہی گیا۔ بس پانچ فٹ۔ پورے پانچ۔ ایک اِنچ کم نہ زیادہ۔ عمر کوئی پچاس کے لگ بھگ سمجھیئے۔ یہ ہیں ہمارے خانصاحب دام اقبالہٗ۔ ٹھیٹ دِلّی کی پیداوار بڑے مزے کے آدمی ہیں۔ عقل ذرا کچھ واجبی سی ہے جس کا ثبوت سب سے بڑا یہ ہے کہ آپ اپنے آپ کو بے انتہا عقلمند اور تجربہ کار سمجھتے ہیں۔ ٹھوکروں پر ٹھوکریں کھاتے ہیں اور تقدیر کے سر منڈھتے ہیں۔ جس محفل میں جاتے ہیں ہاتھوں ہاتھ لئے جاتے ہیں اور نُقلِ محفل بنے رہتے ہیں۔ میرے اُن کے درمیان مدّت سے دوستانہ تعلقات قائم ہیں۔ کچھ وہ میرا لحاظ کرتے ہیں کچھ میں اُن کی کم عقلی کا ماتم۔ یوں نبھے جا رہی ہے۔

بقرعید سے ایک دن پہلے شام کو میرے پاس آئے کچھ گھبرائے گھبرائے اور کہنے لگے "ذرا گھر میں چلو۔"

"گھر میں تو بیٹھا ہی ہوں۔" میں نے ہنس کر کہا۔ "یہ کیا بازار ہے؟"

"میرے گھر چلو۔" خانصاحب نے لفظ "میرے" کو ذرا زور دیکر کہا۔

"بات تو بتائیے۔ قِصّہ کیا ہے؟"

"قصہ وِصّہ کیا ہوتا، بس وہی کِل کِل پھر شروع ہو گئی۔ ایک مصیبت میں جان ہے۔" خانصاحب نے بسورتے ہوئے کہا۔

"معلوم ہوتا ہے آپ نے پھر کوئی حماقت کی۔" میں نے اُنہیں گھورتے ہوئے کہا۔

"اتنا سمجھاتا ہوں مگر آپ کے کانوں پر جُوں نہیں رینگتی۔ عقل کے پیچھے لٹھ لئے پھرتے ہیں۔"

"بات تو تم سے پوری سُنی نہیں اور لگے مجھ ہی کو الزام دینے۔ میں کہتا ہوں .... اچھا تم گھر تو چلو" خانصاحب نے بے صبری کے ساتھ کہا۔ "وہاں چل کر خود دیکھ لینا کہ حماقت میں نے کی ہے یا وہ کالے سر والی سر بالوں کو آرہی ہے۔"

"اچھا خانم سے مطلب ہے۔" میں نے ہنسکر کہا۔

"جی ہاں تمہاری بھاوج۔" خانصاحب نے جواب دیا۔

"اچھا ٹھہریئے۔ ابھی چلتا ہوں۔ ذرا کپڑے بدل لوں۔" کہہ کر میں نے پٹاری اُن کی طرف کھسکا دی کہ اِتنے آپ پان کھا لیجئے۔ میں کپڑے بدل کر جو آیا تو کیا دیکھتا ہوں کہ اللہ کے بندے نے چونے کی کلیا میں کتھے کی چمچی ڈال رکھی ہے اور کتھے والی میں چونے کی۔ میں نے دیکھتے ہی کہا۔

میں:۔ خانصاحب! ہیں آپ بڑے عقلمند۔ بھلے مانس کیا عقل کو گھاس چرنے کو چھوڑ دیا ہے۔ یہ آپ ہیں کہاں اِس وقت؟

خانصاحب:۔ کیا ہوا۔ یہ برسنے کیوں لگے؟

میں:۔ یہ کیا کیا آپ نے؟ پٹاری کا ستیاناس کر کے رکھ دیا۔

خانصاحب:۔ میں تو سمجھا تھا نہ معلوم کونسا لمبا چوڑا قصور کر بیٹھا ہوں۔ میاں ہو

بڑے تھُڑ دِلے. بس دھیلے کے نقصان پر بگڑ بیٹھے

میں :۔ دھیلے پیسے کا سوال نہیں. اصل میں آپ رہتے ہی کچھ کھوئے کھوئے سے ہیں جب ہی تو خانم سے دانتا کِل کِل رہتی ہے.

خانصاحب :۔ اچھا تو اب چلتے بھی ہو یا نہیں ؟

خیر صاحب. ہم دونوں چلے. خانصاحب کے گھر پہنچے. خانم میرے سامنے ہوتی تھیں. مجھے دیکھتے ہی میاں سے بولیں.

خانم :۔ اب اِنہیں لائے ہو حمایتی بنا کے. اچھا میں بھی دیکھوں گی کیونکر تمہاری طرفداری کرتے ہیں ؟

میں :۔ خانم میں سچ کہتا ہوں مجھے اب تک خبر نہیں کہ معاملہ کیا ہے. اِنہوں نے تو میرے گھر پہنچکر بس رٹ لگا دی کہ میرے ساتھ چلو میرے ساتھ چلو. خانم پھر کِل کِل کر رہی ہیں.

خانم :۔ (کولھوں پر ہاتھ رکھکر) اچھا یہ کہا انہوں نے ؟ ہوں کِل کِل کر رہی ہیں. کِل کِل. ہوں. بھائی ذرا تم بھی دیکھنا یہ بکرا لائے ہیں. وہ کھڑا. ذرا پاس جاکر دیکھو. اِس کی قربانی جائز بھی ہے ؟ اور پھر کیسی تعریفیں کرتے ہوئے گھر میں گھسے ہیں. (نقل بنا کر) موٹا ہے، تازہ ہے، تیار ہے، بہت سستا مل گیا بڑا چکنا گوشت ہوگا. مزا آجائیگا. ہوں. ذرا تم خود جاکر تو دیکھو سینگ ٹوٹا ہوا، کان کٹا ہوا. موئے کی ناک بہہ رہی ہے. ایکدم کھانسے جاتا ہے. بکرا لائے

ریں صاحب قربانی کے لئے۔

میں نے جا کر دیکھا تو سچ مچ اُس کا تو آدھا کان غائب تھا اور ایک سینگ، ٹوٹا ہوا۔ میں نے خاں صاحب سے کہا:۔

میں:۔ خانصاحب! اس کی تو قربانی جائز نہیں۔

یہ سنتے ہی خانم کھِل کھِلا کر ہنسیں۔ خانصاحب روئنکھے ہو کر بولے۔

خانصاحب:۔ اب لگے تم بھی اِن ہی کی سی کہنے۔ بھئی واہ۔ اچھا لایا تمہیں!

خانم:۔ (جلدی سے) یوں کہو حمایتی بنا کے۔

خانصاحب:۔ تم چُپکی رہو جی۔

خانم:۔ کیوں چُپکی رہوں۔ بڑے آئے چپکا کرنے والے۔ لو صاحب ایک تو روپے پھینک آئے پورے سولہ بھر مٹھی اور پھر کہتے ہیں چُپکی رہو۔ ہونہہ خدا جانے کس کس طرح کتر بیونت کر کے یہ روپے بکرے کے لئے بچائے تھے۔ یہ بکرا لائے ہیں موا کن کٹا۔ جاؤ پھیر کے آؤ۔ میں نہیں جانتی میرے روپے لا کر دو۔

خانصاحب نے میری طرف کچھ ایسی بیکسی سے دیکھا جیسے ایک بچے کا سوال غلط ہو گیا ہو اور ماسٹر بیت ہاتھ میں لئے سر پر کھڑا کہہ رہا ہو کہ جلدی سوال نکال نہیں تو کھال اُدھیڑ دوں گا، اور بچہ کسی کو دیکھ کر آنکھوں ہی آنکھوں میں کہے کہ خدارا اِس ظالم سے بچاؤ۔ مجھے اُن کی حالت پر بڑا ترس آیا۔ میں نے کہا:۔

میں :. کہاں سے لائے تھے خانصاحب؟ چلئے میں ساتھ چلتا ہوں.

خانصاحب :۔ چلو گے کہاں . وہ رکھا ہے؟ خدا جانے بیچ باچ کر کہاں پہنچا ہوگا.

خانم :۔ بھائی یہ نہیں جانے سکے، نہیں جانے گے . میں انہیں خوب جانتی ہوں پیسے پھینک آتے ہیں اور پھر کیا مجال جو چیز واپس کرآئیں . ان کے تو سارے کام ایسے ہی خوبی بھرے ہوتے ہیں . پیسے کا ذرا درد نہیں . ایک کی جگہ چار خرچ کرتے ہیں اور چیز نکمی اُٹھا لاتے ہیں . پھر لاکھ سمجھاؤ، سر پٹکو کبھی جو واپس کرنے جائیں . اپنی لائی ہوئی چیز کی اُلٹی سیدھی تعریفیں کرنے بیٹھ جاتے ہیں . بس توائی (تباہی) مجھ نامراد کی جان پر آتی ہے . خبر نہیں کس کس طرح من مار کے دو پیسے بچاتی ہوں وہ یوں آگ لگا آتے ہیں .

خانصاحب :۔ عجیب مصیبت میں جان ہے . مجھے تو اس عورت نے چرخا بنا دیا ہے کوئی چیز خاطر ہی میں نہیں لاتی . ہر چیز میں جان جان کر کیڑے ڈالے جاتے ہیں . بھائی ! خدا کی قسم کوڑی پھیرا کرتا ہوں بازار کا . پھر بھی اس عورت سے بھانویں نہیں . میں پھر بُرے کا بُرا ۔ اچھا اب بتاؤ کیا کروں . کسی طرح یہ قصہ ختم بھی ہوگا یا نہیں؟

میں :. چلئے چلکر کوشش تو کریں . شاید بیچنے والا مل جائے . بلا سے روپے دھیلی کا نقصان ہو جائے . واپس کر کے دوسرا لے آئیں گے .

بکرا مزے سے بیل کے پتے کھا رہا تھا . خانصاحب نے نل کے پائپ

میں بندھی ہوئی رسّی کھولی۔ بکرا اُڑ گیا۔ بڑی مشکل سے کھینچتے گھسیٹتے دروازے تک پہنچے ہوں گے کہ ایک دم سے جو بکرے نے زور کیا تو رسّی خانصاحب کے ہاتھ سے چھوٹ گئی۔ بکرا قلانچیں مارتا ہوا سیدھا دالان میں پہنچا۔ خانم بھی چیختی چلاّتی دوڑیں۔ "ہے ہے نئی جاجم کا ستیاناس کر دیگا۔ دوڑنا پکڑنا" بکرے نے اتنی دیر میں فرش پر پیشاب کا چھڑکاؤ کر دیا اور مینگنیوں کا مینہ برسا دیا۔ نئی چاندنی کی جاجم غارت ہوگئی۔ خانم چیختی پیٹتی رہیں۔ ہم بکرے کو پکڑ دھکڑ کر لے چلے۔ جامع مسجد پہنچ کر میں نے خانصاحب سے کہا۔ "ذرا غور سے سب کو دیکھتے جائیے اور پہچانیئے کہ کس سے لے گئے تھے" اب خانصاحب کی حماقت ملاحظہ ہو۔ ایک شخص پانچ بکرے لئے کھڑا تھا۔ کہنے لگے یہی ہے۔ اسی سے لیا تھا۔ میں نے پاس جا کر کہا۔

میں :۔ چودھری صاحب! ذرا دیکھنا بھائی۔ یہ بکرا تم سے لے گئے تھے! اس کی قربانی جائز نہیں۔ آخر تم بھی تو مسلمان ہو۔ سب کچھ جانتے ہو۔ یہ واپس کر کے دوسرا دیدو۔

چودھری :۔ میاں جی! میرا تو یہ بکرا نہیں ہے۔ کسی اور سے لے گئے ہوں گے۔

میں :۔ (خانصاحب سے) آپ انہی سے لے گئے تھے۔ بولتے کیوں نہیں؟

خاں صاحب چودھری کی طرف غور سے دیکھکر بولے۔

خانصاحب :۔ میاں تم سے ہی تو لیا تھا۔ تمہارے پاس چھ بکرے تھے۔ ایک میں نے

لیا. پانچ یہ رہے.

چودھری ۔ میاں جاؤ. عقل کے ناخن لو. بڑے آئے بکرا لینے. نہ جانے کہاں سے یہ چھچھوندر لے گئے. میرے بکرے دیکھتے نہیں سانڈ ہیں سانڈ. کتنے کا لے گئے تھے؟

خانصاحب ۔ سولہ روپے کا اور کتنے کا!

چودھری ۔ میرے تو چالیس چالیس کے ہیں اور میں نے تو تین ابھی کھڑے کھڑے بیچے ہیں.

خانصاحب بیچارے کچھ لاجواب سے ہو کر مجھ سے کہنے لگے.

خانصاحب ۔ تو نہ لیا ہو گا اِن سے.

میں ۔ آپ پہچانتے تو خاک نہیں. یونہی خواہ مخواہ کسی کے سر ہو جاتے ہیں. آخر بتائیے تو جس سے بکرا لیا تھا اُس کا حُلیہ کیا تھا؟

خانصاحب ۔ حُلیہ، حُلیہ کیسا؟

میں ۔ میاں اُس کی شکل و صورت کیسی تھی!

خانصاحب ۔ ایسی تھی جیسی سب کی ہوتی ہے.

میں ۔ عجیب آدمی ہیں آپ بھی. میاں اُس کی ڈاڑھی تھی؟

خانصاحب ۔ تھی.

میں ۔ کیسی تھی؟

خانصاحب :۔ خاصی تھی۔

میں :۔ لاحول ولا قوۃ۔ بندہ خدا یہ بتا یئے کالی داڑھی تھی یا سفید، چھوٹی تھی یا بڑی! اُس کا رنگ کیسا تھا۔ گورا، کالا یا سانولا؛ ٹوپی پہنے ہوئے تھا یا ننگے سر تھا۔ یا صافہ باندھے ہوئے تھا،

خانصاحب :۔ کالی ڈاڑھی تھی، صافہ باندھے ہوئے تھا۔ سفید صافہ۔ میں تو کہتا ہوں یہی ہے۔ چلو پھر اُسی سے پوچھیں۔ بدمعاشی کر رہا ہے۔

میں :۔ اب آپ کا بیٹے کو جی چاہ رہا ہے۔ چلئے گھر چلئے

خانصاحب :۔ اور .... اور .... وہ خانم جو کہیں گی

میں :۔ ہاں کہیں گی تو ضرور۔

خانصاحب :۔ پھر؛

میں :۔ پھر کیا؛ سُن لیجئے گا بولئے گا نہیں۔

خانصاحب :۔ مگر...... بھائی خدا کے لئے دیکھو میں ہاتھ جوڑتا ہوں۔ کسی طرح اس قصے کو ختم کرو۔

یہ کہتے کہتے خانصاحب کی آواز بھرا گئی۔ مجھے یہ قصہ اور کسی طرح تو ختم ہوتا نظر نہ آیا میں نے اپنے پاس سے ایک بکرا خرید ا۔ جو تھا تو اُس سے چھوٹا مگر قربانی کے قابل تھا خانصاحب والا بکرا میں اپنے گھر لے گیا (خانصاحب ساتھ ساتھ تھے) یہ دوسرا بکرا لیکر ہم خانصاحب کے گھر پہنچے۔ خانم دیکھکر کہنے لگیں :۔

خانم ،۔ ہاں دیکھو یہ بکرا ہے بے عیب ۔ کتنے کا ملا،؟

بکرا در اصل چودہ روپے کا تھا مگر میں نے کہدیا سترہ کا ملا ہے، بہر حال یہ تصہ یوں ختم ہوا۔ دوسرے دن خانصاحب سویرے ہی سے میرے گھر آگئے ،عید گاہ ساتھ گئے۔ ساتھ نماز پڑھی، ساتھ واپس آئے ۔غرض دُم کے ساتھ رہے اور منت خوشامد کرکے عید گاہ ہی سے مجھے اپنے گھر لے گئے ۔ راستہ بھر خوشامد کرتے رہے کہ قربانی اپنے ہاتھ سے کردو۔ مختصر یہ ہے کہ میں اُن کے ساتھ اُن کے گھر گیا۔ قصائی کو بلایا ۔بقرعید والے دن قصائی کو گھیر گھار کر لانا جوئے شیر لانے سے کم نہیں ۔بہر حال وہ آگیا۔ اب ذرا ملاحظہ ہو خانم کی تاکید ہے کہ اپنے بکرے کی قربانی خود کرنی چاہیئے ۔یعنی چھری خود پھیرنی چاہیئے ۔ میں بھی خانصاحب کو مرد بنا رہا ہوں ، قصائی الگ جلدی کر رہا ہے کہ مجھے دوسری جگہ جانا ہے ۔ مگر خانصاحب ہیں کہ آنا کانی دیئے جا رہے ہیں ۔جب خانم نے ڈانٹ پلائی تو مجبوراً چھری تھامی ۔ قصائی نے بکرے کو پچھاڑا ۔ بکرا "مے ایں ایں" کئے جا رہا ہے ۔ قصائی خفا ہو ہو کر کہہ رہا ہے "میاں چلو میاں چلو" اور خانصاحب ہیں کہ کانپ رہے ہیں اور ہیں ہیں ہیں بھئی ۔ بھئی ۔ اچھی بھائی تم کئے جا رہے ہیں ۔قصائی نے چیخ کر کہا "میں چھوڑتا ہوں تم جانو تمہارا کام" ۔ادھر میں نے خانصاحب کو لیجا کر اُن کا ہاتھ پکڑ کے گلے پر رکھ کر کہا کہیئے بسم اللہ اللہ اکبر۔ خانصاحب نے چھری چلائی تو مگر شہ رگ کاٹے بغیر ہی اُٹھ کھڑے ہوئے ۔میں نے جلدی سے چھری لیکر حلال کیا۔ مگر خانصاحب کے پھوہڑ پنے سے اُنکے سارے کپڑے خون میں بھر گئے ۔ مجھے تو جلدی ہو رہی تھی ۔بال بچوں کے لئے مٹھائی اور کچوریاں وغیرہ ابھی تک نہیں لی تھیں لہٰذا میں تو چپ چاپ کھسک گیا۔ اس کے بعد کی داستان کہ کپڑے خراب ہو جانے پر خانم نے ان کی کیونکر خبر لی اور پھر کیا ہوا ؟ بشرط فرصت پھر کبھی سن لیجئے گا۔

جیسے کو تیسا

یہ اُس زمانے کا ذکر ہے جب ہندوستان میں ریلیں نہ تھیں۔ لوگ رتھوں بہلیوں، چھکڑوں، گھوڑا گاڑیوں وغیرہ میں بیٹھ کر سفر کیا کرتے تھے اور یوں اُس فاصلے کو جواب گھنٹوں میں طے ہوتا ہے دِنوں بلکہ مہینوں میں طے کرتے تھے۔ جن کے پاس اسباب کم ہوتا تھا یا چھڑے دَم ہوتے تھے وہ گھوڑوں ٹٹوؤں اور بیلوں پر سفر کرتے تھے۔

اُسی زمانے کا ذکر ہے کہ ایک لالہ جی جن کا نام رام پرشاد تھا اپنے وطن الہ آباد سے بنارس گئے تاکہ علم حاصل کریں۔ تین چار برس وہاں رہے اور جب پڑھ لکھ کر خوب ودوان (عالم) ہو گئے تو اپنی کتابیں بیل پر لادیں اور وطن کی طرف چل پڑے۔ کبھی پیدل چلتے، کبھی خود بھی سوار ہو جاتے۔

تیسرے دن کا واقعہ ہے۔ دوپہر کا وقت تھا۔ لُو چل رہی تھی، دِن سُلگ رہا تھا۔ زمین تپ رہی تھی۔ یہ بیچارے پسینے میں نہائے بیل کی رسّی پکڑے چلے جا رہے تھے۔ پیاس کے مارے برا حال تھا۔ ہونٹوں پر پپڑیاں جمی ہوئی

تھیں۔ زبان منہ سے نکلی پڑتی تھی۔ بارے دُور سے ایک کنواں دکھائی دیا۔ ان کی جان میں جان آئی۔ جُوں توں کرکے وہاں پہنچے۔ بڈھا جاٹ چرَس کھینچ رہا تھا اُس سے بولے

"چودھری! تھوڑا سا پانی پلاؤ گے؟"

چودھری بولا آؤ مہاراج! پیو کھوب ڈٹ کرپیو۔"

پنڈت جی نے پانی پیا۔ منہ پر چھپکے لگائے، سر پر پانی ڈالا۔ ذرا جان میں جان آئی۔ کنوئیں کی مینڈ پر بیٹھ کر ستانے لگے۔ چودھری نے پوچھا

مہاراج کہاں سے آنا ہوا؟ بڑے نراش دکھو ہو (پریشان دکھائی دے رہے ہو) پنڈت جی بولے

"چودھری کیا بتائیں۔ آج کل گرمی تو اچار نکالے دیتی ہے۔ بہت دُور سے آ رہے ہیں۔ کاشی جی گئے تھے۔ اب چار برس پیچھے اپنے گھر لوٹ رہے ہیں

چودھری:۔ مہاراج! کاشی جی کے کرن لاگئے گئے تھے (کاشی جی کیا کرنے گئے تھے)

پنڈت جی:۔ ودیا سیکھنے گئے تھے۔

چودھری:۔ جب تو کھوب ددوان ہو گئے ہو گے۔ چار برس میں تو سب کچھ پڑھ لیا ہوگا۔ بھلا ہماری ایک بات بتاؤ گے؟

پنڈت جی:۔ کیوں نہیں۔ پوچھو کیا پوچھتے ہو؟

چودھری:۔ نہ یو بات کوئی نا۔ جو تم ایسے ہی ودوان ہو تو ہماری ایک شرط (شرط) مان لو۔ تب کہیں

پنڈت جی:۔ اچھا اچھا۔ اپنی شرط بھی بتادو۔ ہم کوئی بھاگتے تھوڑے ہی ہیں

چودھری:۔ ہمارا ایک چھوٹا سا شبد (مصرعہ) ہے۔ اس کا مطبل (مطلب) بتادو تو جانیں۔ جو تم نے بوجھ دیا تو ہم سے ایک بیل لے لینا اور جو تم سے نہ بن پڑا تو اپنا بیل ہمیں دے دینا۔

پنڈت جی نے سوچا یہ گاؤں کا گاودی ایسی کیا بات پوچھ بیٹھے گا جو ہم جیسے ودوان سے نہ بتائی جائے گی۔ جھٹ بول اٹھے۔

پنڈت جی:۔ ہاں ہاں ہمیں تمہاری شرط منظور ہے۔ پوچھو کیا پوچھتے ہو؟

چودھری:۔ پنڈت جی! پھر کھوب سا سوچ بچار کر لو کہیں پاچھے پچھتانا پڑے۔ کھوب سمجھ کر بچن دینا۔

پنڈت جی اپنی دانست میں پورے عالم فاضل بن چکے تھے۔ اُن کے احساس کو ٹھیس لگی۔ چودھری کے تاؤ دلانے سے سچ مچ جوش میں آ گئے اور کہنے لگے۔

پنڈت جی:۔ چودھری سُن لے۔ ہم پنڈت ہیں پنڈت! بارہ برس کاشی جی میں رہکر علم پڑھا ہے۔ کچھ بھاڑ نہیں جھونکا۔ لے اب لیکھ کر دیتا ہوں، ورنہ کر، ہماری راہ کھوٹی ہوتی ہے۔ ہمیں تیری شرط منظور ہے۔ بول کیا کہتا ہے؟

چودھری:۔ اچھا تم جانو۔ لو سُنو ہمارا شبد ہے ۵

"شپ شاپ شپا شپ شپاسا"

لے اس کا مطلب بتا دو۔

پنڈت جی نے جو یہ سنا تو اوسان خطا ہو گئے۔ انہوں نے بھلا یہ شپا شپ کاشی جی میں کا ہے کو پڑھی تھی۔ لگے بغلیں جھانکنے۔ کبھی یہ کتاب نکال کر دیکھی کبھی اس میں ٹٹولا۔ بڈھا چودھری ایک ہی کائیاں تھا۔ پنڈت جی کی سراسیمگی دیکھکر لگا ٹھٹھے مارنے۔ پنڈت جی اور بھی بدحواس ہو گئے۔ ہاتھ پاؤں میں رعشہ سا آ گیا۔ سر پکڑ کر بیٹھ گئے۔ ادہر چودھری نے چھینٹے دے دیکر اور بھی ہاتھوں کے طوطے اُڑا دیئے "پنڈت جی یہ پستک اٹھا دوں۔ اس میں سے باچھ لو؟" آخر پنڈت جی نے ٹھنڈا سانس بھر کر کہا :۔

پنڈت جی :۔ چودھری تو جیتا اور میں ہارا۔ مجھسے تیرے شبد (مصرعہ) کا ارتھ (مطلب سمجھانا) نہ ہو گا۔ تُو نے میرا بیل لے لے۔ پر اتنی دَیا کر کہ میری یہ کتابیں اپنے پاس ہی رہنے دے۔ پھر کبھی آکر لے جاؤں گا۔ اب انہیں بنا بیل کے کیسے لے جاؤں۔

ادھر تو پنڈت جی بیل کھو کر اُلٹے پاؤں بنارس چلے تاکہ اپنے اَدھورے علم کو پورا کریں۔ اُدھر بڈھے کسان نے اپنے پوتے سے کہا :۔

چودھری :۔ چھورا یو دیکھ! بھگوان نے ایک بیل تو دلا دیا۔ اب دو بیلوں میں ایک تو اپنا ہو گیا اور کیا جانے بھگوان کی یہی اِچھا ہو کہ دوسرا بیل بھی

یوں ہی دِلادیں. جو دَلدّر پار ہو جائیں. اب تُو نمبردار کا ایک بیل تو واپس کرآئیو.

پنڈت جی شرط ہار کر واپس بنارس جا رہے تھے. اُدھر سے ایک اور وِدوان گھر جاتے ہوئے ملے. اِنہیں جو دیکھا تو بڑا اچنبھا ہوا. کہنے لگے.

"رام پرشاد جی! تم تو گھر گئے تھے. یہ اُلٹے کاشی جی کیسے جا رہے ہو. اور وہ تمہارا بیل کدھر گیا؟

رام پرشاد.. شیو دیال جی! کیا بتاؤں. مجھے تو اُس پاکھنڈی نے کہیں کا نہ رکھا یہ کہہ کر رو رو کر ساری داستان سُنائی. شیو دیال بولے.

"تم بڑے مورکھ ہو. جو اُس پاپی کے جُل میں آگئے. اُس کا بیل ہتھیانے کے لوبھ میں اپنا بھی گنوا بیٹھے. خیر تمہارے بھلے دن تھے جو ہم مل گئے. چلو تمہارا بیل دلوادیں".

رام پرشاد نے کہا. "بھیّا تم وہاں نہ جاؤ. مجھ پر تو جو بپتا پڑی سو پڑی. تم کیوں بیٹھے بٹھائے بلا مول لیتے ہو. اُس دُشٹ سے نہ جیت سکوگے. میری طرح اپنا بیل بھی کھو بیٹھو گے".

شیو دیال کہہ سُن کر اِنہیں اپنے ساتھ لے گیا. جب وہ گاؤں پاؤ میل رہ گیا تو رام پرشاد نے اشارے سے بتایا کہ دیکھو وہ گاؤں ہے، وہ کنواں ہے اور وہ بڈھا بدمعاش چرس کھینچ رہا ہے.

شیو دیال نے کہا۔ "تم یہیں جھاڑیوں کے پیچھے ٹھہر جاؤ۔ میں اکیلا جاتا ہوں تمہیں ساتھ دیکھ کر وہ پاپی بدک جائے گا۔"

یہ تو یہاں ٹھہر گئے اور شیو دیال اپنا بیل لے کر آگے بڑھا۔ بڈھے کسان نے جو دُور سے اِنہیں دیکھا تو خوش ہو کر اپنے پوتے سے کہا۔

" چھورے یو دیکھ! پرماتما نے دوسرا بیل بھی بھیج دیا۔ میں نہ کہوں تھا پرماتما کی دیا ہو تو چھپّر پھاڑ کر دیں ہیں۔"

اتنے میں شیو دیال بھی آ پہنچے۔ پانی پیا اور دَم لینے کو کنوئیں کی مینڈھ پر بیٹھ گئے۔ چودھری نے ان سے بھی وہی باتیں کیں جو رام پرشاد سے کی تھیں اور شرط بَد کر پکّی کر لی۔ پھر اپنا وہی شبد سُنایا

شپ شاپ شپا شپ شپّا سا

شیو دیال سنتے ہی بولے' ارے چودھری یہ تُو نے کیا پوچھ لیا۔ کوئی اور بڑی سی بات پُوچھ جو ہم اپنی وِدیا کا گُن دِکھائیں۔ یہ تو ہمارے کاشی جی میں پہلی جماعت کے بچّے بھی بتا سکتے ہیں۔"

اب تو چودھری بڑا سٹ پٹایا۔ مگر یہ سوچ کر کہ یہ دھوکا دے رہا ہے ذرا تیز معلوم ہوتا ہے۔ اُس کی طرح بدھو نہیں ہے کہنے لگا۔

' اور بات وات تو ہم جانتے نہیں تم تو بس اِسی کا ارتھ کر دو مطلب سمجھا دو' شیو دیال سے کہا۔

شیو دیال :۔ جو تیری یہی اِچھا ہے تو سُن لے۔ یہ اصل میں چار شبدوں کا پورا اشلوک ہے (چار مصرعوں کا قطعہ ہے) اِن میں سے ایک شبد وہ ہے جو تو نے ابھی پڑھا۔ اب تو کہے تو ہم اِسی ایک شبد کا ارتھ کر دیں اور جو تو چاہے تو پورا اشلوک سنا دیں اور سب کا مطلب سمجھا دیں۔

چودھری :۔ جو تو ایسا ہی گُنی ہے تو سارا ہی اشلوک سُنا دے۔

شیو دیال :۔ اچھا تو سُن لے۔ پورا اشلوک یوں ہے:۔

جَٹ جاٹ چٹا جٹ جٹّا سا — کھٹ کھاٹ کھٹا کھٹ کھٹّا سا

بھد بھاد بھدا بھد بھدّا سا — شپ شاپ شپا شپ شپّا سا

یہ سُن کر بڈھے چودھری کے ہاتھوں کے طوطے اُڑ گئے۔ آنکھوں تلے اندھیرا آگیا۔ ہے بھگوان! یہ کیا ہوا۔ جیتا جتایا بیل ہاتھوں سے چلا۔ پھر دل کڑا کر کے کہنے لگا:۔

چودھری :۔ اچھا اب ارتھ بھی کر دے۔"

شیو دیال :۔ سُن چودھری! تیرے کھیت میں باجرہ بویا ہوا تھا۔ جب ساری بالیں پک گئیں تو ایک دن تو نے اپنے سب بال بچوں سے کہا کہ چلو رے باجرہ توڑ لاؤ۔ سو تیرے بیٹے بیٹیاں۔ پوتے پوتیاں، نواسے نواسیاں سب مِل جُل کر کھیت میں آئے اور لگے باجرے کی بالیں توڑنے۔ اُس وقت بالیں ٹوٹنے سے کیسی آواز آرہی تھی ؎

جٹ جاٹ چٹا جٹ جٹا سا

سب بالیں توڑ تاڑ گھر لے گئے۔ اب تو نے کہا آڈ رنے چھورے چھوریوں

اِسے کوٹو۔ بالوں میں سے باجرا الگ کرو۔ سو سب کے سب موگریاں لے لے کر بیٹھ گئے۔ اور لگے کوٗٹنے۔ اب کوٹنے سے کیسی آواز آئی۔ ؎

کھٹ کھاٹ کھٹا کھٹ کھٹا سا

اب تو نے کہا کہ فصل کا پہلا اناج ہے۔ آ دُرے بچّوں اب اِسے پکاؤ۔ سو اُس میں سے تھوڑا سا باجرہ لیکر ایک بڑے مٹکے میں ڈالا اور اُس میں پانی اور گڑ ڈال کر چولھے پر چڑھا دیا۔ وہ لگا پکنے اور اُس میں سے آواز آنے لگی۔ ؎

بُھد بھاد بُھدا بُھد بُھدا سا

جب پک چُکا تو تُو نے کہا۔ آ درے چھورے چھوریوں اِسے کھاؤ۔ سو چودھری بڑی بڑی مٹی کی رکابیوں میں اُسے نکالا اور خوب چھاچھ ملا کر اب جو سب نے ہاتھوں سے کھانا شروع کیا ہے تو کیا آواز آرہی تھی۔ ؎

شپ شاپ شپا شپ شپا سا

سو چودھری سُن لیا تو نے ا ا اب اور کچھ پوچھنا ہے تو جلدی سے پوچھ پاچھ لے۔ نہیں تو بیل دے۔ ہماری راہ کھوٹی ہو رہی ہے۔

چودھری نے ٹھنڈا سانس بھر کر اپنے پوتے سے کہا۔

"لا چھورے بیل کھول لا۔"

شیودیال نے رام پرشاد کی کتابیں بھی لے کر اُسی بیل پر لادیں اور چودھری سے ہاتھ جوڑ کر کہا "تاؤجی پرنام"۔ اور چل دیا۔

رام پرشاد کے پاس پہنچکر اُس سے کہا کہ "لو پنڈت جی اپنا بیل اور اب کہیں پانی وانی پینے کے لئے ٹھہرو تو کسی سے بات نہ کرنا۔

دعوت نامہ

"آج کیا پڑا پا گیا جو یوں باچھیں کھلی جا رہی ہیں"۔ بیوی چھالیہ کترتے ہوئے بولیں۔

میاں:۔ کیوں کیا ہوا؟

بیوی:۔ میں بھی تو یہی پوچھ رہی ہوں کہ آج تو ماشاء اللہ بڑے خوش خوش گھر میں گھسے ہو. کیا بات ہے؟

میاں:۔ روز تم کہا کرتی تھیں نا کہ گھر میں گھستے ہیں کھاؤں پھاڑوں کھاؤں پھاڑوں کرتے ہوئے تو بس اب ہم نے بھی سوچا کہ چلو ہنستے ہوئے گھر میں گھسا کریں گے۔

بیوی:۔ نہیں بتاؤ۔ سچ بتاؤ، کچھ ترقی ہوئی ہے؟

میاں:۔ بیوی اس نوکری میں ترقی سے تو منہ دھو رکھو. کمبخت ایسا منحوس دفتر ہے کہ خدا کسی کو نہ لیجائے۔

بیوی:۔ اور اپنی کہو۔

میاں:۔ اپنی کیا کہیں. بس پھنس گئے سو پھنس گئے۔

بیوی:۔ اب چھوڑ دو

میاں:۔ پھر کھائیں کیا۔ ہوا پھانک کے جیئیں؟

بیوی:۔ اچھا بتاؤ پھر کیا بات ہے۔ جو چہرہ کھلا ہوا ہے۔ ماشاء اللہ غپا غپ نور برس رہا ہے؟

میاں:۔ بیوی بڑی اچھی بات ہے۔ لاؤ پہلے کھانا کھلوا دو پھر بتا دیں گے۔

بیوی:۔ نہیں پہلے بتا دو پھر لاؤں گی۔

میاں:۔ اری بھاگوان کہہ تو دیا کہ بتا دوں گا بتا دوں گا۔ پہلے کھانا کھا لینے دو۔ دس بجے کا گیا گیا اب شام کو گھر میں گھسا ہوں۔ ہاتھ پاؤں ڈھیر ہو کر رہ گئے ہیں دماغ کا کچومر نکل گیا۔ پیٹ میں الگ۔ آگ لگ رہی ہے۔ دیدیا مصرعہ طرح۔ طرح کی غزل ہوگی، صاحب طرح کی۔ امتحان لیتے ہیں شاعروں کا اور احمق یہ نہیں سمجھتے کہ طرح میں غزل کسی دوسرے سے لکھوا کر نہیں لا سکتے؟

بیوی:۔ (جلدی سے) اچھا اچھا۔ تم کھانا تو کھاؤ۔ لو پہلے منہ ہاتھ دھو لو۔ ذرا دماغ کو ٹھنڈک پہنچے۔ میں تو پہلے ہی کھٹکی تھی کہ کہیں کوئی مشاعری ہوگی اُس کا بُلاوا آیا ہوگا۔

میاں:۔ (ہنس کر) نہیں مشاعری تو نہیں ہے۔ ہے تو بڑا مشاعرہ۔ آل انڈیا کی وضع کا۔ لو دیکھو یہ ....

بیوی:۔ (بات کاٹ کر) اچھا اچھا تم کھانا تو کھاؤ۔

یہ کہکر وہ تو کھانا نکالنے گئیں۔ اِدھر میاں ہاتھ منہ دھو کر تیار ہو گئے۔ کھانا کھا چکے تو کہنے لگے۔

میاں:۔ تم نے بیچ ہی میں سے بات کاٹ دی۔ لو دیکھو یہ ہے وہ دعوت نامہ

بیوی:۔ بس تم ہی دیکھو۔ میں کیا کروں گی دیکھ کے۔ مجھے تو پھر گھر کا فکر پڑ گیا کہ اب چار پانچ دن تک سودے سلف کی الگ حیرانی ہو گی۔ گھر میں الگ سناٹا ہو گا۔ ہاں اور کیا بغیر مرد کے گھر کاہے کا۔ راتوں کو ڈر لگے گا۔

میاں:۔ چار پانچ دن کا کیا کام۔ ہفتہ کو رات کی گاڑی سے جاؤں گا اور منگل کو انشاء اللہ رات کی کسی گاڑی سے آجاؤں گا۔ بس تین دن کی بات ہے

بیوی:۔ اچھا دیں گے کیا؟

میاں:۔ یہ لوگ بڑے نامعقول ہوتے ہیں۔ خودغرض اپنا پیٹ بھرنے والے سُنا ہے بہت سارا چندہ ہوا ہے اور پھر ٹکٹ الگ لگایا ہے۔ کوئی چار پانچ ہزار کی رقم تو اکھٹی ہو ہی گئی ہو گی۔ مگر شاعروں کو دیتے ہوئے دل دُکھتا ہے چاہتے ہیں کہ انہیں کم سے کم دیکر زیادہ سے زیادہ اپنی جیب میں رکھ لیں۔

بیوی:۔ دیکھنا تم بُرا تو بہت جلدی مان جاتے ہو مگر خلق کا حلق تھوڑے ہی بند کیا جا سکتا ہے۔ سب کہتے ہیں کہ مُجرے میں جاتے ہیں، گاتے ہیں اور پیسے لے آتے ہیں۔ سُنتے سُنتے میرے تو کان پک گئے۔ میں تو کہتی ہوں کہ تم کہیں نہ جایا کرو اور جاؤ بھی تو پیسے نہ لیا کرو۔ لوگ کیا بیجا کہتے ہیں۔ بیشک یہ تو اپنے

علم و ادب کو فروخت کرنا ہوا۔

میاں :۔ اب تم بھی لگیں نامعقولوں کی سی باتیں کرنے۔ لوگ تو اصل میں حسد کرتے ہیں۔ جلے مرتے ہیں کہ ہائے یہ نوکری الگ کرتا ہے اور یوں شاعری سے الگ پیسے بٹورتا ہے۔ کیوں جی میں پوچھتا ہوں وہ جو اُس دن تمہاری سہیلی آئی تھیں کیا نام ذکیہ، جن سے تم نے پوچھا تھا کہ تمہارے میاں کیا کرتے ہیں اور اُنہوں نے جواب دیا تھا کہ ناظر ہیں۔ پھر تم نے پوچھا تھا کہ تنخواہ کیا ملتی ہے اُنہوں نے کہا تھا کہ پینسٹھ روپے ملتے ہیں۔ پھر تم نے پوچھا تھا کہ کچھ اوپر سے بھی ہو جاتا ہے اُنہوں نے کہا تھا کہ ہاں بُوا اللہ کا فضل ہے تو تم نے کہا تھا کہ شکر ہے۔ تو یہ "اُوپر کی کمائی" تو بڑی اچھی ہوئی۔ ایسی کہ اُسے اللہ کا فضل کہا گیا۔ اور ہم شاعر لوگ کسی کی جیب نہیں کاٹتے، کسی بیگناہ کو جیل میں نہیں سڑاتے، کسی سے زبردستی کچھ نہیں چھینتے تو یہ مجرا ہوا بُری کمائی ہوئی۔ سُبحان اللہ

بیوی :۔ اب میں کیا جانوں۔ لوگ کہتے ہیں اور نام دھرتے ہیں۔

میاں :۔ لوگ تو احمق ہیں۔ میں تم سے پوچھتا ہوں کہ اگر شاعر سفر کی صعوبتیں اُٹھا کر مشاعرے میں جاتا ہے، راتوں کو پانچ پانچ بجے تک جاگتا ہے اور بندھا بیٹھا رہتا ہے۔ کیا مجال کہ ذرا لیٹ کر کمر تو سیدھی کر سکے، پھر گلا پھاڑتا ہے تو وہ کسی کے باپ کا نوکر ہے کہ کرایہ بھی اپنی گرہ سے خرچ کر کے جائے اور

لوگوں کو خوش کر کے خیر سے اپنے گھر آجائے۔ اور میں تم سے پوچھتا ہوں یہ جو وکیل مقدمے کرتے ہیں اور فیس لیتے ہیں۔ یہ معاوضہ نہیں تو کیا بلا ہے؟ یہ اپنے علم کو بیچنا نہیں تو کیا ہے۔ مفت مقدمے کیا کریں۔ بیوی بچوں کا گلا گھونٹ دیں۔ اسی طرح مدرسوں کے ماسٹر، کالجوں کے پروفیسر، دفتروں کے بابو اور عہدے دار غرض سب ہی اپنے علم کو بیچتے ہیں۔ علم اُسے کہتے ہیں جسے سب نہ جانتے ہوں اور جو محنت کرنے کے بعد حاصل ہو۔ شاعری بھی علم ہے۔ یہ بھی محنت کرنے سے حاصل ہوتا ہے۔ اِس سے پرخاش کیوں ہے؟ اور ہاں یہ جو ریڈیو پر جا کر تقریریں کرتے ہیں اور پچاس پچاس روپے لے آتے ہیں۔ یہ کیا چیز ہے' یہ شیرِ مادر ہے نا؟

بیوی:۔ ہاں یہ باتیں تو بالکل ٹھیک ہیں مگر دُنیا کو کیا کیا جائے۔

میاں:۔ دُنیا! کونسی دُنیا؟ مکّار اور خود غرض دُنیا! ذرا دیکھا کہ ارے یہ تو مشہور ہو رہا ہے' پیسے الگ آ رہے ہیں' شہرت الگ ہو رہی ہے' جہاں جاتا ہے موٹروں میں سیر کرتا ہے، خاطر تواضع ہوتی ہے۔ بس یہ دُنیا جل مری۔ آگ لگ گئی تن بدن میں۔ دُنیا آئی ہے کہیں کی۔ میرا جی چاہتا ہے کہ ایک کتاب لکھوں اور اِس نامعقول اور ناہنجار دُنیا کے بخیئے اُدھیڑ کر رکھ دوں۔ اور انشاء اللہ یہ کر کے رہوں گا۔ میرے دماغ میں مسالہ ہے بہت کچھ۔

بیوی:۔ اچھا تم کرایہ نہ لیا کرو۔ اور اوپر سے کچھ نہ لیا کرو۔ پھر تمہیں کوئی کچھ

نہ کہے گا۔ ہمیں اوروں سے کیا مطلب۔ ہم سے اپنے میاں کی بُرائی نہیں سُنی جاتی۔

میاں،۔ مرحبا! جزاک اللہ! تم نے بیوی یہ دو بول کہہ کے میرا دل ہاتھ بھر کا کر دیا۔ اب میں تم سے سچ کہتا ہوں کہ میں یہاں اپنے شہر میں، تو جہاں بھی مشاعرہ ہوتا ہے چاہے کتنی ہی دُور کیوں نہ ہو، ایک پیسہ تک نہیں لیتا۔ تانگے کا کرایہ بھی نہیں لیتا اور اکثر ایسا ہوا ہے کہ رات کو چار بجے تانگہ نہ ملنے کی وجہ سے جوتیاں چٹخاتا پیدل لُڑھکتا ہوا گھر آیا ہوں۔ اب رہے باہر کے مشاعرے، تو یہ میں نے اپنا اصول بنا رکھا ہے کہ جہاں کالج یا سکول کے لڑکے مشاعرہ کرتے ہیں یا پبلک ہی مشاعرہ کرتی ہے اور بُلاتی ہے مگر چندہ کر کے کافی رقم اکٹھی نہیں کی جاتی۔ بس پان سگرٹ شامیانہ وغیرہ کے سو پچاس روپے جمع کر لئے جاتے ہیں یا اتنی رقم جو شاعروں کو آنے جانے کے کرائے کے نام سے دی جا سکے، تو وہاں میں فقط کرایہ ہی لیتا ہوں۔ کہیں سے اِنٹر کا اور کہیں سے تھرڈ کا۔ کیونکہ میں اِتنی ہمدردی نہیں کر سکتا کہ اپنا کرایہ بھی خرچ کروں اور سفر کی تکلیف بھی اُٹھاؤں اور جا کر وہاں کی پبلک کو خوش کراؤں۔ ہاں جہاں معلوم ہو جاتا ہے کہ شہر میں سے چندہ الگ جمع کیا ہے، ٹکٹ الگ لگا رکھا ہے وہاں میں اپنا فرضِ مقدس سمجھتا ہوں کہ لوں اور ضرور لوں۔ اِس کے کیا معنی کہ دو ہزار چندے کے جمع کئے اور شاعروں کو

کرایہ کے نام سے چھ سو روپے دیئے باقی چودہ سو آپ کھا گئے۔ کیوں کھا گئے؟ مشاعرے کے نام سے چندہ کیا ہے، ٹکٹ لگایا ہے تو مشاعرے ہی میں خرچ کرو۔ یا کھاؤ بھی تو مل بانٹ کے۔ یعنی کچھ شاعروں کو دو۔ کچھ آپ بھی کھا لو خیر!

بیوی:۔ خیر تم جانو۔ اب میں اور کیا کہہ سکتی ہوں۔ میرے اپنے عزیز تمہیں بُرا کہتے ہیں تو مجھے رنج ہوتا ہے۔

میاں:۔ یوں تو تمہاری زبان ایسی چلتی ہے قینچی کی طرح سے کہ بھنگن آئی تو اُس کی ٹانگ لی۔ پاخانہ نہیں دھویا، کل دو وقتی کو نہیں آئی۔ یہ نہیں کیا۔ وہ نہیں کیا اتنے میں دھوبن آگئی تو اُس کے پیچھے پڑ گئیں۔ اُس غریب کے اوسان ابھی درست نہیں ہوئے، کپڑوں کا گٹھڑ سر سے پھینکا ہے، زور زور سے سانس لے رہی ہے، دھونکنی بنی ہوئی ہے اور آپ ہیں کہ پنجے جھاڑ کے ۔۔۔۔

بیوی:۔ (جلدی سے) اب بس بھی کرو گے یا نہیں۔ یہ تو میں جانتی ہوں کہ افسانہ نگار بھی ہو، شاعر بھی۔ بھلا تمہارے پاس الفاظ اور مضمون کی کیا کمی ۔۔۔۔۔۔۔۔۔۔

میاں:۔ تو تم اپنے اُن عزیزوں کے سامنے منہ میں گھنگنیاں کیوں بھر لیتی ہو، ڈر لگتا ہے، پھانسی دیدیں گے؟ ــــــــــ میرے منہ پر کوئی کچھ کہہ دے تو ترکی بہ ترکی سنے اور یوں پیٹھ پیچھے تو بادشاہ کو بھی برا کہتے ہیں اور حقیقت تو یہ ہے کہ میں تو فقط اللہ پاک سے ڈرتا ہوں اور ہمیشہ ضمیر کے کہنے پر چلتا ہوں۔

اورضمیر ہر ایک شخص کو بالکل صحیح راستے پر چلاتا ہے۔ بشرطیکہ آدمی اُس کے کہنے پر چلے تو پھر بھلا میں کسی کے کہنے سُننے کی کیوں پرواہ کروں۔ راستہ چلتے میں آدمی کو گھوڑے بھی ہنہناتے ہوئے ملتے ہیں، کتے بھی بھونکتے ہوئے اور بکرے اور گدھے اور خدا جانے کیا کیا جانور اپنی اپنی بولیاں بولتے ہوئے ملتے ہیں مگر آدمی گذرا چلا جاتا ہے۔

اچھا بیوی! آج تمہاری باتوں سے ہم بہت خوش ہوئے۔ تم ہماری سچی رفیق ہو، ہمدرد ہو، غمگسار ہو، جیتی رہو، خوش و خرّم رہو۔ بس اب جاؤ۔ مجھے طرحی غزل کہنی ہے۔ وقت ہے نہیں۔ کل تو روانہ ہونا ہی ہے۔ آج نہ لکھی تو بس "بے طرحی" ہی رہے۔ خیر بات تو کچھ نہیں مگر تھوڑی سی سُبکی ہوتی ہے کہ لو صاحب طرح میں غزل نہیں لکھی گئی۔ اب حیلے حوالے کر رہے ہیں۔ لو بس اب جاؤ آرام کرو۔

شاہ بڑا

خدا رکھے دِلّی کو بائیس خواجہ کی چوکھٹ کہلاتی ہے جس کے معنی بجا طور پر یہ لئے جاتے ہیں کہ اِس پر ارواحِ مقدسہ کا بسیرا ہے اور اُن کے رُوحانی فیوض و برکات کی بدولت یہاں ہمیشہ امن و امان اور چین چالتا رہتا ہوگا۔ مگر تاریخ کے اوراق شاہد ہیں کہ اس غریب دِلّی نے کیسی کیسی مصیبتیں جھیلیں، کِن کِن آفتوں میں پھنسی، زمانے نے اِسے کِس کِس طرح بگاڑا اور پھر ہمیں وہی تاریخ یہ بھی بتاتی ہے کہ ہر تباہی کے بعد یہ پھل پھلا کر کیسی نکل آئی اور کس آن بان سے چمکی۔ حقیقتاً یہ ہے روحانی فیض ارواحِ مقدّسہ کا۔ وہی دِلّی جو غدر ۱۸۵۷ء میں اُجڑ چکی تھی، آج اپنے اندر بارہ لاکھ نفوس کی آبادی رکھتی ہے۔ اور نئی دہلی تو عجوبۂ روزگار ہے جس میں بے شمار بڑی بڑی عمارتیں، سرکاری دفاتر، ریڈیو کے دفتر اور سٹوڈیو، کونسل چیمبر، سکریٹریٹ، راجہ مہاراجہ اور نوابوں کے محلات، کناٹ پیلس وغیرہ ہیں۔ اِن کے علاوہ یہ شہر بسا ہوا اور بنا ہوا کچھ ایسے قرینے اور ٹھکانے سے ہے کہ دیکھ کر جی خوش ہوتا ہے۔ جو لوگ

دُور دُور سے آتے ہیں، اُن کی بھی یہی رائے ہے کہ گو یورپ اور امریکہ میں بڑے بڑے شہر بہت ہیں جن میں سر بفلک عمارات ہیں بڑی خوبصورت خوبصورت اور سو سو منزلوں کی مگر جس خوبصورتی کے ساتھ یہ نیا شہر بنایا گیا ہے کہ سب یک منزلہ مکان، یکساں عمارتیں، جگہ جگہ گھاس کے خوشنما پلاٹ ہر جگہ خوبصورتی، خوشنمائی اور یکسانیت۔ اِس طرز کا کوئی دوسرا شہر نہیں ہے۔ بہر حال کہنا یہ تھا کہ نئی دِلّی تو اب بنی ہے لیکن پُرانی دِلّی میں وہ وہ عجائبات موجود ہیں جنہیں دُور دُور کے سیّاح اور سکالرز دِنوں نہیں مہینوں دیکھتے ہیں اور اپنے علم میں اضافہ کرکے جاتے ہیں۔ مجھے یہاں دِلّی کی عمارتوں، کھنڈروں مقبروں، مسجدوں، تہہ خانوں وغیرہ سے بحث نہیں کرنی ہے مجھے تو آج کی صحبت میں دِلّی کی یادگار ایک پرانی چیز "شاہ بڑا" کی ہلکی سی جھلک دکھانی ہے۔

دِلّی میں یہ بات بالکل عام ہے کہ جہاں یار دوستوں میں بیٹھ کر کسی نے زمین آسمان کے قلابے مِلانے شروع کئے یا بے پَر کی اُڑانی شروع کی تو ساتھ والے کہہ اُٹھتے ہیں کہ "لو بھئی اب یہ شاہ بڑے کی اُڑا رہا ہے" یہ "شاہ بڑا" کیا چیز ہے؟ یہی بات اختصار کے ساتھ بتاتا ہوں۔ جامع مسجد سے مشرق کی طرف سیدھے چلے جائیے۔ فصیلِ شاہی کے کنگورے نظر آئیں گے۔ وہیں آپ کو ایک چوڑا سا زینہ نیچے اُترتا دکھائی دے گا۔

یہ راج گھاٹ کہلاتا ہے۔ آپ اِس زینہ پر سے اُتر کر چلیئے۔ بس سامنے آپ کے بیلا روڈ ہو گی اور اِس کے دوسرے کنارے پر بہت سے درختوں کا ہرا بھرا جھنڈ دکھائی دیگا۔ یہی "شاہ بڑا ہے"۔ برسات میں اب بھی دریا کا پانی شاہ بڑے تک آجاتا ہے۔ مگر جاڑوں اور گرمیوں میں دُور رہتا ہے کوئی سو گز دُور۔ اول تو اِس زمانے میں دریائے جمنا میں سے دو بڑی بڑی نہریں نکالی گئی ہیں جو ہر وقت اِس دریا کو جونک کی طرح چوستی رہتی ہیں دوسرے دو دو واٹر ورکس ہیں۔ بارہ لاکھ آدمیوں کے لیئے اور درختوں اور گراس پلانٹس (گھاس کے قطعات) کے لئے کس قدر پانی کی ضرورت ہے۔ ذرا خیال تو کیجیئے اور پھر سب سے بڑی بات یہ کہ ۱۹۲۵ء کے سیلاب عظیم کے بعد سرکار نے شاہ بڑے کے قریب ایک پُشتہ بنوایا ہے جس سے ٹکرا کر پانی پرے ہی پرے چلا جاتا ہے اِس طرف نہیں آتا۔ ورنہ ہر برسات میں ہم دیکھا کرتے تھے کہ بیلا روڈ پر بھی گھٹنوں گھٹنوں پانی ہو جاتا تھا۔ ہمارے ہوش کی بات ہے کہ ہم نے اب سے چالیس پینتالیس برس پہلے برسات میں اپنی آنکھوں سے دیکھا ہے کہ فصیل شہر تک پانی ہے اور اتنا ہے کہ فصیل کے کنگوروں پر سے تیراک کود رہے ہیں اور تیراکی کا میلہ ہو رہا ہے۔ اب اِن دونوں نہروں اور پُشتے کی وجہ سے برساتوں میں بھی پانی فصیل تک نہیں دیکھا گیا۔ ذرا اُس زمانے کا اندازہ کیجئے جب نہ یہ نہریں تھیں نہ پُشتہ۔ پانی فصیل تک ہے

قلعہ کا مثمن برج عین دریا کے کنارے ہے جس میں سے زینہ اُتر کر پانی تک گیا ہے۔ بجرے اور کشتیاں برج کے نیچے لگی ہوئی ہیں۔ شہزادے، شہزادیاں اُتر کر آتی ہیں، کشتیوں میں بیٹھتی ہیں، سیر کرتی ہیں۔ کشتیاں دُلہن بنی ہوئی ہیں۔ بادشاہ سلامت برجوں میں ہیں تو دردیوانِ خاص میں ہیں تو سیر کر رہے ہیں۔ الٰہی، وہ کیسے دن ہوں گے اور کیسی راتیں ہوں گی۔ کیا تھا اور کیا ہو گیا۔ ؎

زمینِ چمن گُل کھلاتی ہے کیا کیا
بدلتا ہے رنگ آسماں کیسے کیسے

جو صاحبِ تخت و تاج تھے اُن کی اولاد پریشان حال پھرتی ہے۔ وَتُعِزُّ مَنْ تَشَاءُ وَتُذِلُّ مَنْ تَشَاءُ۔

ہاں تو ذکر تھا بڑے کا ہو رہا تھا۔ جائے وقوع تو آپ سمجھ گئے ہونگے ہرے ہرے درختوں کا ایک بڑا سا جھنڈ ہے۔ یہ درخت ہر موسم میں سرسبز رہتے ہیں۔ سڑک سے کوئی تیس چالیس قدم کے فاصلہ پر ہے۔ آپ وہاں جائیے تو معلوم ہو گا کہ اچھا خاصا وسیع رقبہ گھیر رکھا ہے۔ تقریباً چالیس گز لمبا اور اور اسی قدر چوڑا مقام ہے درختوں کے اندر چھپا ہوا۔ اندر کوئی ڈیڑھ گز اونچے چبوترے پر شاہ بڑے صاحب کا مزار مبارک ہے۔ یہ کون بزرگ تھے؟ یہ مزار کب بنا؟ افسوس ہے کہ مجھے اِس کی نسبت کچھ معلوم نہ ہو سکا۔

تلاش اور جستجو کی جائے تو آپ کے حالات معلوم ہو ضرور سکتے ہیں۔ ہاں یہ بات عام طور پر مشہور ہے کہ آپ نے مسواک کرنے کے بعد جو پھینکی تو اللہ کی قدرت سے اُس نے جڑ پکڑلی اور اب جو یہ پیلو کا درخت موجود ہے یہ وہی ہے جو اُس مسواک سے اُگا تھا۔ تعجب اور حیرت کی بات یہ ہے کہ یہ تمام کا تمام جھُنڈ جو دُور سے کیا بالکل قریب سے بھی ایسا معلوم ہوتا ہے کہ بیس پچیس درختوں کا مجموعہ ہے حقیقت میں ایک ہی درخت ہے۔ آپ اندر جائیے تو آپ کو اصل درخت کی جڑ دکھائی دیگی۔ اور وہاں سے آپ کو برابر نشانات ملیں گے کہ یہ شاخ یوں زمین میں گئی یوں وہاں سے نکلی، یوں پھیلی اور پھر آگے گئی۔ غرض آپکو جگہ جگہ موٹی موٹی شاخیں زمین کے اندر گھُسی ہوئی معلوم ہوں گی۔ ایسی موٹی جن کا قطر ایک ایک ڈیڑھ ڈیڑھ فٹ کا ہے۔ بعض آگے سے بھی پتلی شاخیں زمین کے اندر جانے کی کوشش کرتی ہوئی معلوم ہوں گی یہی پتلی پتلی شاخیں جو آج بعض اِنچ دو انچ زمین میں گھُس گئی ہیں اور بعض نے سر ٹکایا ہی ہے کسی زمانے میں موٹے موٹے گدتے اور تنے بن جائیں گی جیسی ان کی بڑی بہنیں اب ہیں۔ یہ معلوم ہوتا ہے کہ بڑے موٹے موٹے اژدہے لمبے لمبے پڑے ہوئے ہیں۔ بعض کُنڈلی مارے اور بعض آڑے ترچھے بعض سیدھے۔ ان ہی اژدہوں کی پیٹھ پر لوگ بیٹھتے ہیں۔ یہی اُن کی کرسیاں ہیں، یہی مونڈھے ہیں، یہی بنچیں ہیں۔ اب آج کل بھی آپ سہ پہر کو ٹھنڈے

وقت جاینے تو آپ دیکھیں گے کہ کچھ لوگ درخت کی موٹی موٹی شاخوں پر بیٹھے ہیں اور کچھ زمین پر کپڑا ، جا در یا سیتل پاٹی بچھائے تاش کھیل رہے ہیں کہیں بحث ہو رہی ہے۔ کہیں کوئی بزرگ صورت سفید ریش بیٹھے بڑی متانت سے کوئی قصہ فرما رہے ہیں سر تا پا بڑ۔ پہلے زمانے کی بات تو اب کہاں جب بڑے زوروں پر بھنگ ، چرس ، چانڈو ، افیم اڑا کرتی تھی۔ مگر باقیات الصالحات اب بھی ہے۔ اب بھی آپ چلے جائیں تو دو گھڑی دل بہل ہی جائے۔ میں وہاں گیا تو کئی دفعہ ہوں لیکن اکثر صبح کے وقت جانے کا اتفاق ہوا۔ جب سوائے دو ایک فقیروں کے اور کوئی نظر نہیں آیا۔ ہاں ایک دفعہ پانچ بجے شام کو بھی جانے کا موقعہ ملا۔ اب اِسے اتفاق کہئے یا خوبیِ تقدیر کہ خدا نے مراد پوری کر دی ور کچھ نہ کچھ سنوا ہی دیا۔ ایک بزرگ صورت بڑی متانت سے کچھ فرما رہے تھے۔ دس بارہ آدمی پاس بیٹھے بڑے غور و اشتیاق سے سُن رہے تھے کچھ حالاتِ حاضرہ پر تبصرہ تھا۔ آپ بھی سنئے :۔

ایک شخص :۔ تو چچا! یہ جاپان کے پاس گولہ بارود بہت ہے؟

بزرگ :۔ بیٹا! گولہ بارود بھی بہت ہے اور آدمی بھی اُس کے پاس ایسے جا ئیا اور جانبار ہیں کہ اپنے بل بُوتے سے بڑھکر کام کرتے ہیں۔ یوں سمجھو کہ بم کا گولہ دس پندرہ سیر کا ہوتا ہے۔ جاپانیوں کا ایک آدمی دو گولے کندھے پر رکھکر ایک اِس کندھے پر ایک اُس کندھے پر

اور جو ہوائی جہاز سے اُترا ہے تو سِنگل پور کے دریا میں وہ جو انگریزوں کا بڑا سا جہاز کھڑا تھا نا، بس دِسکی وہ جو لاٹ ہوتی ہے جس میں سے دھواں نِکلا کرتا ہے، بس وِس دھوئیں میں گھُس گیا اور نیچے اُتر کے چُپ چاپ زینے میں سے ہوتا ہوا نیچے پہنچ گیا۔ وہاں وِس نے وہ دونوں گولے رکھکر جو دیا سلائی جلائی ہے تو بس یوں سمجھو کہ چھوٹی قیامت ہی تو آگئی۔

دوسرا شخص (جلدی سے) دیکھا بے اسحاق (اسحٰق) اِسے کہتے ہیں جیدار واہ بے جاپانی واہ۔ تیرے کے کونے (کیا کہنے)

تیسرا:۔ تو چچا وہ تو بھلا کا ہے کو بچا ہوگا؟

بزرگ:۔ میاں وہ تو جہاز کا جہاز ہی ایسا بیٹھا جس طریو پانی میں بتاشہ بیٹھتا ہے ایک ہی نہ دو بس ڈوبتا ہی چلا گیا۔ اور وِس جاپانی کی کیا پوچھتے ہو؟ وِس کے تو پرخچے ہی اُڑ گئے۔

اسحٰق:۔ ایک یہ ہمارے خلیفہ متن بیٹھے ہیں جیسے پُولا مار اگلدم۔ بس ڈنڈ قبضے دیکھ لو۔ اِتنے بڑے ڈیل ڈول میں کوئی آدھی چھٹانک کا دِل ہوگا۔

خلیفہ متن:۔ کیوں بے نہیں مانا۔ بتاؤں تجھے آن کے۔ گیہوں کی بل رہی ہوگی؟

اسحٰق:۔ (خم ٹھونک کے) یا رخاں کو کچھ کم سمجھ رکھا ہے بے۔

"تیری ...." کہہ کے خلیفہ متن اسحٰق کی طرف لپکے اور اب دونوں

یں دھینگا مُشتی ہونے لگی. منہ سے پھول جھڑتے جاتے تھے. خیر لوگوں نے بیچ بچاؤ کرادیا. کچھ نشہ باقی ہوا. پھر باتیں ہونے لگیں.

ایک صاحب:۔ تو چچا! یہ جاپانی ایسے چھوٹ ہوتے ہیں. اور ہم نے تو سُنا ہے کہ جرمن اِن کا بھی ابّا ہے. دِس کے پاس نہ جانے کیسے کیسے مُحاذ موجود ہیں۔

دوسرے صاحب:۔ اور ویسے تو ہماری سرکار بھی کیا کسی سے کچھ کم ہے. دوطرفی لڑ رہی ہے. ایک طرف تو اٹلی والوں کو رگید رگید کر جبل طاق کے ذخیرے میں دھکیل دیا ہے.

ایک:۔ (جلدی سے) ابے ذخیرہ کاہے کا؟

دوسرے:۔ وہ جبل طاق کا ذخیرہ جو ہے جہاں کبھی ہماری حکومت تھی جس کے چوطرفہ پانی ہی پانی ہے۔

ایک:۔ ابے جنجیرہ کہہ جنجیرہ! اِتّا بھی نہیں جانتا۔

دوسرا:۔ بیٹا آج کل کی لڑائی تو عِلم کی لڑائی ہے. کَس بَل کچھ کام نہیں آتا۔ بس عِلم میں جو سِوا ہوا وہی جیتا. اور عِلم گیا. ہم نے اپنے بزرگوں سے سُنا ہے کہ وہ جو کبھی پہلے افراسیاب اور امیر حمزہ طلسم ہوشربا میں جنگ کیا کرتے تھے. بس کسی طریو وہی جادو افراسیاب والا اِن لوگوں کے پاس بھی آگیا. ہوا میں اُڑے اُڑے پھرتے ہیں. ایک گولہ پھینکا تو ساری

زمین کو ہلا کر رکھدیا۔

ایک صاحب:۔ چچا! یہ جاپان ہے کس طرف کو؟

بزرگ:۔ بھئی ہمیں پورا نقشہ تو دِس کا معلوم نہیں۔ پر اِتا ضرور جانتے ہیں کہ ہے کہیں ہمالیہ پار، اور دِس کی حدودیں اَمری خا سے بھی ملتی ہیں جب ہی تو ودھر سے اَمری خا دبائے چلا آریا ہے اور اِس جانبین سے ہماری سرکار بڑھتی چلی جارہی ہے۔

دوسرے صاحب:۔ اور چچا یہ جرمن کدھر کو ہوا؟

بزرگ:۔ یہ کابل افغانستان سے پَرے پَرے جرمن ہی جرمن ہے۔

دوسرے صاحب:۔ تو یہ تو پھر ہندوستان کے پاس ہی ہوا۔ پھر تو چچا بڑی مشکل کی بات ہوئی۔

بزرگ:۔ اجی جرمن کا تو کچومر نکل ریا ہے۔ ہماری سرکار نے ایٹلی تو لے ہی لیا۔ اب جرمن ہی پر دھاوا ہوگا۔

یہ میں نے شاہ بڑے کی ذرا یوں ہی سی جھلک دکھائی ہے۔ اِس میں کوئی شک نہیں کہ موقعہ ہے بڑا اچھا۔ صبح کو ہواخوری کے لئے وہاں جایئے تو دِل خوش ہوتا ہے۔ پانی کے اوپر سے ہو کر جو ٹھنڈی ہوا آتی ہے کیسی اچھی معلوم ہوتی ہے اور سامنے دریا کا نظارہ کیسا بھلا

لگتا ہے۔ یہ مقام برسات کی توجان ہے۔ جمنا کا پانی بالکل قریب آجاتا ہے اور کبھی کبھی تو ناؤ شاہ بڑے ہی پر ٹھیکی لیتی ہے۔

شاہ بڑے کے حالات معلوم کرنے کے سلسلے میں مجھے کئی دفعہ وہاں جانا پڑا۔ بڑے بڑے پرانے دُم گلوں سے بات چیت کرنے کا اتفاق ہوا۔ مگر کچھ کام کی باتیں معلوم نہ ہوئیں جنہیں سند سمجھا جاتا۔ ہاں یہ معلوم ہوا کہ یہاں سال میں ایک دفعہ عُرس بھی ہوتا ہے اور اکثر قوالی بھی ہوتی رہتی ہے۔ اِسی سلسلے میں یہ بھی معلوم ہوا کہ اِسی بیلا روڈ پر جہاں مٹکاف ہاؤس کے پاس دریا کا پُشتہ بنا ہوا ہے' ذرا اچھوت میں ایک مزار اور ہے، وہ شاہ اڑے صاحب ہیں۔ میں نے خود جاکر دیکھا وہ بھی زیرِ درختانِ پیلو آسودہ ہیں۔ وہاں بھی عُرس ہوا کرتا ہے، قوالیاں ہوتی ہیں، چادریں چڑھتی ہیں۔ دِلّی کے پنجابی اِن شاہ اڑے صاحب کے بڑے معتقد ہیں۔ مزار پر دیگیں پکواتے ہیں۔ غرباء کو کھانا کھلاتے ہیں۔ خیرات کرتے ہیں۔ قوالی کراتے ہیں۔ یہ مزار بھی دریا کے کنارے ہی ہے۔ یہاں تو ہر برسات میں پانی آجاتا ہے

اور سنیئے! اِسی بیلا روڈ پر شاہ بڑے صاحب اور شاہ اڑے صاحب کے مزارات کے بیچ میں ایک شاہ کھڑے صاحب اور ہیں۔ اِن کا مزار